冰心儿童图书奖获奖作家作品

人生之旅

马新亭 / 著

中国书籍出版社

图书在版编目（CIP）数据

人生之旅 / 马新亭著 . —北京：中国书籍出版社，2018.3
ISBN 978-7-5068-6820-4

Ⅰ.①人… Ⅱ.①马… Ⅲ.①长篇小说—中国—当代 Ⅳ.①I247.5

中国版本图书馆CIP数据核字（2018）第061831号

人生之旅

马新亭 著

丛书策划	牛 超 蓝文书华
责任编辑	牛 超
责任印制	孙马飞 马 芝
封面设计	天下装帧设计
出版发行	中国书籍出版社
地 址	北京市丰台区三路居路97号（邮编：100073）
电 话	（010）52257143（总编室） （010）52257140（发行部）
电子出箱	eo@chinabp.com.cn
经 销	全国新华书店
印 刷	北京一步飞印刷有限公司
开 本	710毫米×1000毫米 1/16
字 数	235千字
印 张	11
版 次	2018年6月第1版 2018年6月第1次印刷
书 号	ISBN 978-7-5068-6820-4
定 价	32.00元

版权所有 翻印必究

目录
CONTENTS

没有理由不快乐 …………………………………… 001

未来世界 …………………………………………… 004

谁能辅佐天子 ……………………………………… 007

知　己 ……………………………………………… 009

生死抉择 …………………………………………… 012

罪恶的短信 ………………………………………… 014

国　界 ……………………………………………… 017

凶　手 ……………………………………………… 019

人类起源 …………………………………………… 022

男　人 ……………………………………………… 024

人生之旅 …………………………………………… 027

爷爷的枪 …………………………………………… 030

一条棉被 …………………………………………… 033

失窃的尴尬 ………………………………………… 036

畸形人 ……………………………………………… 038

蜘　蛛 ……………………………………………… 040

大决战 ……………………………………………… 043

脱口秀 ……………………………………………… 046

怎么走 ……………………………………………… 049

伴　君	053
寒心的拼搏	055
蟠桃宴	059
真　香	062
1985年的津贴费	064
金项链	066
乱　套	068
物种宣言	070
倒霉的位置	073
致失败者的信	075
你是一条船	078
火　候	080
螳螂捕蝉	083
滋　味	085
"魔力"皮鞋	087
局内人	089
必修课	092
嘲　笑	094
窗　内	096
远　方	099
你为什么不抛弃我	102
村　殇	105
生死搏斗	107
决定命运的时刻	109

悲惨的故事	112
工　分	114
工　作	117
上帝与苍生	119
海之语	122
几代人	124
永远的军号	127
平凡的人家	130
沉重的思绪	133
老板的新衣	135
电脑时代	137
梦　语	140
意见箱	142
生命之谜	144
平凡与伟大	146
一个人的车站	149
我到哪里去	151
白蜡烛	154
奇妙的生活	156
迷失在森林中的孩子	158
老　伴	161
逃离星球	163
要变成蜻蜓的孩子	166

没有理由不快乐

不知道别人是不是，反正你已经心灰意冷看破红尘，近年来那张笑容灿烂的脸已被冷若冰霜所代替。也说不清为什么，反正对什么事都无动于衷无所谓。你注意观察了一下，大部分四十岁之后的人，莫不是如此。

与你形成强烈反差的是对桌，一个胖墩墩的中年妇女。人到哪里笑声就到哪里，还很能说笑话，时不时被她逗得爆发一片笑声。

这天，她说："你来这么久，我咋没见你笑过？你脸上的冰啥时候化开？哈哈哈……"

你听了，嘴角稍稍动动，叹口气说："这辈子恐怕不好办。"

她就笑着问："为啥？"

你说："冰冻三尺非一日之寒。"

她说："有啥想不开的，别自己跟自己作对，留得青山在不怕没柴烧。人的身体就是青山。"

你说："我真羡慕你。"

她问："我有什么好羡慕的。"

你说："你保准没愁事没挫折没打击。"

她听了，一愣，说："你怎么知道？"

你说："要不然，保准没这么多笑声。"

她又笑起来："你不会也笑？笑起来不就轻松了。"

你忧心忡忡地摇摇头:"我笑不起来!"

这时有人找她有事。她一走,有人对你说:"你知道吗?她多年来一个人领着孩子生活,可苦了。"

你吃惊地问:"为啥离婚?"

"她原来的老公喜新厌旧呗,现在的人好像越来越淡薄白头偕老。"

你自言自语:"咋一点也看不出来?"

"也就是她。叫别人光气也气死。"

深冬的一天,她相依为命的儿子在上学的路上被汽车夺去生命。人们在深深同情她的同时,都说这回她再也笑不起来了。

几日后,人们又听见她的笑声。

命运似乎总在捉弄她,她又生病住进医院。

人们去医院探望回来后,都说:"一个快死的人,比活着的人还快乐!"

人们渐渐忘记她,从心灵上感觉她其实已经离开人世,不料,她却突然从医院跑了回来。

你大吃一惊:"你不在医院好好治病,跑回来干啥?"

她说:"病好了。"

人们都不相信:"你又在说笑话,谁不知道,你的病是不治之症。"

她也笑了:"真的,连医生都说是个奇迹。"

你就问:"医生给你用的什么灵丹妙药?"

她回答:"医生说正是我的坚强和乐观,使我战胜了病魔!"

你似乎受到感染,第一次开心地笑起来。

万事开头难,有第一次笑,就有第二次笑,随着你笑的次数越来越多,你感觉你会笑了。自从你会笑以后,你感觉就快乐了,年轻了,人缘好了,人气旺了。

以后的日子。你天天快乐地生活,无论是遇到好事也罢,遇到坏事也罢。一个人来问你:"你难道没有难受的事吗?"

你说:"有是有,但是没有理由不快乐。"

"为什么？"那人问。

你说："月有阴晴圆缺，人有悲欢离合，此事古难全。有大喜必有大悲，有大悲必有大喜；任何事有利就有弊，有弊就有利；事物都是一分为二的，没有绝对的好，也没有绝对的不好；有红的时候就有黑的时候；花开花落，云卷云舒，这是自然规律，谁都无法逃脱。谁也不可能光走运不倒霉，谁也不可能光倒霉不走运，如果光让一个人走运，会把一个人乐疯，如果光让一个人倒霉，会把一个人气疯，所以，每一个人的生活才有泪水也有欢笑。所以，有福你就尽情地享，有罪你就尽情地受，那都是上帝的恩赐，是上帝让你各种滋味都尝尝。不然，人生将会是多么单调、乏味……"

那人说："经你这么一说，还真是没有理由不快乐。"

你说："对啊！"

那个人也快乐起来。

又来一个人说："你咋天天这么快乐？"

你说："没有理由不快乐！"

那人想想说："对啊，真是没有理由不快乐。"

你看到快乐起来的人越来越多，你感到很快乐。

未来世界

谁也没想到，我姐居然嫁给了外星人。

自从姐与一个外星人私奔，她没有回来过，家里人也从来没有去看过她。家里好像压根就从来没有她这个人似的。

转眼十几年过去了，父母都离我而去，我越来越思念姐。夜深人静的时候，我经常望着天上姐居住的那颗遥远的星球发呆。我想姐此刻也一定很想家，也一定在吟读《静夜思》的时候偷偷流泪。在忍受了无数个没有亲情的日子后，我萌生去看看姐的念头。

终于有一天，我登上飞往绿星的飞船。

"姐——"当费尽周折找到姐的家时，正好看见姐弯着腰在院子里浇花。

姐转过身盯我一会儿，手里的浇花器猛地摔落在地上，她飞奔过来紧紧抓住我的手，一句话也说不出来，眼泪"吧嗒吧嗒"往下落。

"姐——"我泪眼涟涟地又叫一声。

姐说："不是做梦吧？"

我说："不是，我看你来了，姐。"

姐拉着我的手说："快进屋，快进屋。"

我坐到舒适的沙发上，望着宽敞明亮的客厅，松了口气。姐忙着又是沏茶又是递烟又是拿水果。

我说:"姐,你就别忙活了,快坐坐吧。"

姐靠着我坐下,兴奋得像个孩子。

我说:"姐,你还是那么年轻,看来这里的水土就是好,你这些年来还好吧?"

姐说:"好,好。"

我又问:"孩子们都好吧?"

姐说:"好,我叫进来你看看。"

我说:"行。"

姐叫道:"花花——"

话音刚落,跑进来一条摇头摆尾的哈巴狗。姐说:"叫舅舅。"哈巴狗冲我"汪汪"两声。我感到很别扭,心想,姐怎么能让一条狗叫我舅舅呢?还没容我多想,姐又叫道:"飞飞——"不一会儿,飞进来一只头红尾绿的大鸟。姐说:"叫舅舅。"大鸟冲我"啾啾"两声。我感到很不自在,心想,姐怎么让只鸟叫我舅舅呢?还没等我转过神来,姐叫道:"海海——"不一会儿,一条活蹦乱跳的鱼翻着跟头跳进来,冲我"啵啵"两声,让我感到很好笑。姐又喊:"然然——"不一会儿,飞进一只小蜜蜂。姐说:"叫舅舅。"蜜蜂在我的头顶盘旋,冲我"嗡嗡"叫着。我连忙躲开。这时姐又叫道:"地地——"不一会儿,一条两米长碗口粗的蛇无声无息地游移过来。姐说:"叫舅舅。"蛇吐着长长的信子,冲我"咝咝"两声。"姐,我怕、我害怕!"我吓得缩成一团,脚都不敢落地。

姐说:"没事,别害怕。都出去吧。"动物们很听话地离开了。

我惊魂未定地说:"姐,这里到底是你的家,还是动物园?"

姐说:"当然是我的家。鸟来自天空,鱼来自大海,蛇来自雨林,狗来自荒野,蜜蜂来自花丛……我们是幸福的一家,我们都能和谐相处。"

我感到很不可思议,说:"与动物和谐共处?"

姐说:"在这个世界,任何动物都是平等的。它们与我们一样,都是自然界中的生灵。人类孜孜不倦地追求着自由和平等,却无视动物们的生存权利和空间。只有当人类和动物能够和谐相处的时候,人与人、人与动物、人与自然才能够和谐相处，才能真正地融入大自然。人类的文明进程史就是追求平等、自由和尊重。人类最初是人人平等的，后来分为高低贵贱，但随后社会越文明人人就越平等。当人与人实现真正的平等后，就是要达到与动物的平等，只有与相互依存的动物平等了，人才不至于灭绝！我想绿星的今天，就是地球的明天，你说是吗？"

谁能辅佐天子

管相国再次从昏迷中醒来,见齐桓公正守在自己的病榻前,挣扎着欲起身。

齐桓公急忙双手按住,老泪纵横地说:"寡人九合诸侯,一匡天下,众望所归,成其霸主,还不多亏管相国的辅佐。我真担心你离开我啊。"

管相国呻吟几声说:"我也舍不得离开主公啊,可是上天非要叫我去,我又奈何呢?"

齐桓公擦擦泪水说:"如果相国真要弃寡人而去,拜谁为相合适呢?"

管仲咳嗽着说:"主公想拜谁为相呢?"

齐桓公说:"德高望重的鲍叔牙是最合适的人选。"

管仲说:"鲍叔牙心底无私,严以律己,一身正气,两袖清风,确实令人钦佩,但不适合当相国。"

齐桓公颇感惊讶地问:"为什么?"

管仲说:"水至清则无鱼,人至察则无徒。一个过于以身作则的人,要求别人也会是一尘不染完美无缺,别人一旦有所闪失,就会耿耿于怀小题大做,不能容忍,不肯宽恕。可是谁敢保证自己天长日久不犯错误呢?可是干事越多的人往往错误越多。这样谁还愿意为国多干事呢?谁还愿意为民多干事呢?人人都会不求有功但求无过,这对一个国家来说很不利啊。"

齐桓公又问："周朋可以吗？"

管仲沉默半晌说："周朋八面玲珑，无所不会，无所不能，人人都说好，也颇受主公的宠爱，但不可为相。"

齐桓公问："为什么呢？"

管仲说："周朋能说会道，世故圆滑，才获得里里外外的好评，才博得上上下下的信任。但这种人没有原则性，凡事都当和事佬老好人，不愿得罪人，惯用的伎俩是欺骗；遇到困难和麻烦推诿扯皮踢皮球，不愿承担一点责任，也不干正儿八经的实事。"

齐桓公再问："易牙为了让寡人尝尽人间百味，不惜杀掉唯一的儿子烹饪给寡人吃，爱寡人胜过爱子，总可以为相吧？"

管仲说："天下最深的感情莫过于父子情，易牙连自己的儿子都不疼，他还疼谁呢？即使疼也是具有功利性，同时可见他是多么自私，多么无情，多么残忍，怎么可以为相？"

齐桓公还问："竖貂为服侍寡人自施宫刑，重寡人胜过重自身，总可以为相吧？"

管仲说："人最爱惜的莫过于自己的身体，为服侍主公，把自己的身体弄残，是不是有点灭绝人性呢？"

齐桓公继续说："开方为我几十年不回家探母，敬寡人胜过敬母，也不能为相吗？"

管仲说："一个不孝敬父母的人，最终对谁都不会忠心耿耿。"

说到这里，管仲有点上气不接下气，轻轻闭上眼睛。

齐桓公有点迫不及待地追问："到底谁可为相呢？"

管仲没有回答。

齐桓公焦急地等待着，管仲却再也没醒过来。

知　己

　　韩信心中有数，论自己的雄才伟略，谁重用自己谁得天下。可自己现在毕竟是一个无名之辈，谁会轻易拜自己为帅呢？韩信更愿意投奔项羽，因为他从心眼里看不起刘邦，一个卖狗肉的，能有多大出息，再说口碑也不好。

　　韩信来到项羽的兵营。项羽的兵士挡着不让他进，问他有什么事。韩信说来辅佐项羽夺取天下。兵士跑进去禀报，项羽说放他进来。韩信一进门，项羽便皱起眉头，心说一个其貌不扬的人，还口出狂言，肯定是个疯子。项羽又问几句话，叫韩信回答，项羽很不满意。说先让韩信当一般兵士，将来立下战功再重用。韩信说要么当大将军，要么他走人。项羽笑笑说那请便吧。韩信扭头便走。

　　再没有可去之处，韩信闷闷不乐地又来到刘邦的兵营。刘邦见到韩信，只看一眼，便低着头问韩信几个问题，韩信一一回答，刘邦心不在焉，旁边的萧何倒是越听眼睛瞪得越大。还没等韩信说完，刘邦便不耐烦地打断韩信的话说，我这里不乏治国安邦之才，你去另投明主吧。

　　韩信从刘邦那里出来，已是日暮西山。韩信也沮丧到极点，自己满腹经书，却英雄无用武之地，怎能不叫人黯然神伤！夜幕降临，韩信感到特别寂寞，特别孤独，不知走向何方。

　　突然，身后有人喊道："高人慢走。"韩信回头，借月光望去，原来是萧何。

"快跟我回去。我已力荐高人为大将军。"萧何气喘吁吁地说。韩信喜出望外。"扑通"一声给萧何跪下说："你真是我的知己啊。"

韩信果然不负众望，自从韩信领兵，刘邦节节胜利，项羽节节败退。

这日，刘邦收到韩信的一封信，打开一看，原来韩信要刘邦封他为假齐王。刘邦大怒，刚要发作，一旁的萧何在底下踢踢刘邦的脚说："封就封个真齐王，还封个什么假齐王。韩大将军为平定天下立下汗马功劳，应该！"

打发韩信的信使走后，刘邦不悦地说："自古天下只有一个大王，你怎么能封韩信为真齐王呢？"

萧何哈哈大笑说："韩信现在可是手握重兵，他想反谁反谁，想当啥当啥。是为这件事逼他谋反好呢？还是顺水推舟先稳住他好呢？"

这日，韩信正在宫中读兵书，侍者进来禀报说，一个人要进来给大王相相面。韩信一听，差点笑了，心说就算寻开心解闷吧，便说："噢，让他进来。"

那人进来后，韩信凭感觉知道来者不善，善者不来，说："那你就给我看看！"那人也不吭声，围着韩信转两圈说："恕我直言，从齐王反面看，有帝王之相，从齐王正面看，有杀身之祸。"

韩信问："你叫什么名字？"那人说："蒯彻。"

蒯彻又说："你手握重兵，现在反的话，天下归韩，不反的话，天下归刘，以后你将株连三族。"

韩信怒吼一声："先押下去！"

夜里，韩信辗转难眠，蒯彻的话正说到韩信的心事上。他何曾不知道只要谋反就能称王，现在项羽已不足挂齿，刘邦也拿自己没办法……可是真反的话，那天下又要大乱，民不聊生，家破人亡，血流成河，生灵涂炭；再说刘邦也对自己有知遇之恩啊，自己怎么能恩将仇报呢？可是不反的话，自己凶多吉少。刘邦的恐惧，文武百官的嫉妒，小人的栽赃陷害……一连几日，韩信愁眉苦脸，辗转难眠，举棋不定。

多年以来，韩信已养成一个习惯，每当遇到大事难事自己拿不定主意的时候，就去征求萧何的意见。也总是在关键的时候萧何为他出谋划策，他才得以化险为夷，逢凶化吉。

一天晚上，在夜色的掩护下，韩信来到萧何的府上把自己的心事，向自己的知己和盘托出。

萧何听完，沉思良久，最后吐出一个字："反！"

翌日，刘邦在后宫设宴与萧何饮酒作乐。酒酣耳热之际，刘邦问道："韩信怎么办？"

萧何诘问："大王的意思呢？"

刘邦说："削职为民吧！"

萧何笑笑说："不如斩草除根。"

刘邦沉思半晌说："我于心不忍啊。"

萧何哈哈大笑："当断不断，必留后患。韩信早就有谋反之心，昨晚上还到我府上策反过我。"

"啪——"刘邦厚实的巴掌狠狠地拍在坚硬的酒桌上，酒杯被震得东倒西歪，刘邦恶狠狠地吐出一个字："杀！"

生死抉择

齐景公正在书房里手持《诗经》，摇头晃脑读《关雎》："关关雎鸠，在河之洲；窈窕淑女，君子好逑……"

晏婴一挑门帘进来，说："臣拜见主公。"

齐景公合上书说："相国平身，坐、坐。"

落座后，齐景公笑眯眯地问："在齐国哪个女人最丑？"晏婴答："臣之妻。"齐景公不禁一笑，又问："哪个女子最美？"晏婴答："主公的公主。"齐景公哈哈笑一阵说："看来是无人不知无人不晓啊，你知道今日为何宣你来吗？"晏婴摇摇头说："臣不知。"齐景公点点头说："朕欲将爱女嫁于相国为妻，你意如何？"

晏婴惊得一阵头晕目眩，好半天才缓过神来说："这、这、这……"

齐景公看看晏婴说："难道朕的爱女配不上你？"

晏婴急忙说："不是、不是，公主豆蔻年华，聪明伶俐，上知天文下知地理，琴棋书画样样精通，下嫁老朽只怕误了公主的青春。"

齐景公不以为然地说："寡人不嫌相国老，哪个敢嫌？相国不必多虑，你再看看文武百官哪个不是妻妾成群？难道唯有你没有爱美之心吗？"

晏婴说："恐怕公主不高兴吧？"

齐景公说："爱女早已对相国仰慕很久，只盼早日与相国共牢合卺。"

晏婴说:"臣与老妻几十年举案齐眉,相濡以沫,情深意长,还望主公开恩,收回成命。"

岂料,齐景公勃然大怒:"你好不识抬举,寡人将爱女赐你,正是念你对寡人忠心耿耿,为齐国立下汗马功劳,你不但不谢主隆恩,还敢拒婚不成?"晏婴说:"别的事臣赴汤蹈火粉身碎骨在所不辞,唯有这件事实难从命,还望主公念臣若干年来鞍前马后,没有功劳有苦劳,没有苦劳有疲劳,网开一面,成全我老夫老妻白头偕老。"

齐景公拍案而起说:"你知道有多少达官贵人向我爱女求婚吗?你知道有多少皇子皇孙爱慕她吗?我都没应允,可你……我真不明白你那个又老又丑的夫人有什么恋头。"

晏婴说:"容老臣慢慢道来,妻年轻时在当地是最美的女子,我当时是最无能最丑陋的男子,向我妻求爱的人很多,可妻却冲破种种阻挠和干涉毅然决然地嫁给了我。妻当时提出的唯一一个条件,是将来不要因为她年老丑陋,遗弃她!臣当时答应海枯石烂地老天荒不变心,臣怎么可以违背当初的诺言背叛妻呢?"

齐景公不依不饶地威胁说:"难道你的诺言比我的命令还重要?你知道抗令不遵要治何罪吗?"

晏婴说:"臣知道,死罪。"

齐景公说:"那好,你选择吧,是选择抗令不遵以死罪论处呢,还是放弃你的诺言娶公主为妻?"

晏婴低下头沉思,在决定生死的时刻,空气仿佛都停止流动。

突然,晏婴"扑通"一声跪在地上说:"臣宁可死,也不违背诺言。"

不料,齐景公上前双手搀扶起晏婴说:"爱卿请起,爱卿请起,你连这么丑陋的妻子都不愿背叛,怎么会背叛我呢?看来关于你谋反的传闻,都不过是栽赃陷害罢了。"

这回轮到晏婴罩上了一脑袋雾水。

罪恶的短信

我夹杂在人群中，赤手空拳心惊肉跳地登上西行的火车。我就穿一件T恤衫和一条短裤，身上想藏东西也藏不住。

火车徐徐开动，夏天十点多钟的太阳还不算太毒，窗外的植物看上去精力充沛，像一望无际的生机勃勃的海洋，吸引无数的目光。

我可没份闲情逸致去给它们行注目礼，我感兴趣的不是窗外的植物而是窗内的人。

我慢悠悠地一节车厢一节车厢地走，列车上人不算多，座位有的是，有两个人占着一排座椅的，有一个人占着一排座椅的，我都没去坐。

火车越开越快，摇晃的车厢像个大摇篮，给人的感觉挺舒服，车轮和钢轨摩擦出的声音像催眠曲，有人昏昏沉沉，有人迷迷糊糊，有人干脆躺下睡觉。我琢磨着也该下手，这站离前方车站不远，也就是个把小时的工夫。

我朝一个躺在座位上打着轻微鼾声的人的座位上，一屁股坐下去，又往里挤挤双腿，没有一点反应，睡得跟死猪似的，看样子不知做着什么美梦。

我心里一阵窃喜，先用目光在他身上搜索，上衣口袋里瘪瘪的，屁股后面的口袋鼓鼓的。

那人侧着身子睡的，我用手去碰一下，硬邦邦的，好像是钱。

我便哆哆嗦嗦地下手，拇指和食指轻轻解开口袋上那颗黑色的纽扣。食指和中指慢慢插进去，夹住那卷东西轻轻拖出来，果然是一沓钞票，还是百元大票，少说也有两三千块。然后，我再把一包劣质香烟放进去，再给他扣上扣子。

毕竟是第一次干这营生，紧张得要死。说实话我也挺同情这位瘦骨嶙峋的大哥，看样子他挣钱也不容易，说不定是一年辛辛苦苦的打工钱，可谁同情我呢？我原来也是一个遵纪守法的公民，却最终沦为到处流浪的乞丐。谁让这个社会这样呢？凡是存在的就是合理的，我只有用这句话替自己开脱。

我把钱心安理得地装起来，到这时候我才有空望望邻座的几个人。他们可都没睡，精神着呢，姿势不同地用手紧紧捂着自己装钱的衣袋，生怕钱飞走似的。见我看他们，有低下头的，有侧过脸的，有往小桌上一趴装睡的，还有吓得直哆嗦的。都像如临大敌般地紧张。

我本想就此罢手，一看到人们都紧张成那样，我似乎受到鼓舞，大胆地朝另外一个车厢走去。在这节车厢里，我稍稍放松一点，不像刚才那么高度紧张。随便找一个睡过去的人，就可以下手，反正旁边的人视而不见熟视无睹，完全没必要提心吊胆，旁若无人放心大胆地干就可以。

从此，我就以此为生，没钱花，就去列车上拿点钱花，比到银行取自己的钱还方便。后来，我嫌偷偷摸摸地太麻烦，有时就在晚上干脆把手往一个人的面前一伸，说拿点钱吧。有人虽然不太情愿，还是老老实实地把钱放到我手里。

我越来越懒，懒到火车都不愿意上，街也不愿去了，踩好点直接开着车去跟那些有钱的人要钱。当然，我要的并不多，一次也就要个万儿八千的。绝大多数人都采取息事宁人的办法给钱。当然，也有个别不给钱的，我也从不难为他们，不给就不给吧。

再后来我嫌出门拿钱也太麻烦，干脆坐在家中收钱，翻着从邮电局买回来的厚厚的电话号码簿，专门给那些大官大款打电话，命令他们某日某时往我的银行卡上存多少多少钱。他们很听话，乖乖地存钱。

一天晚上，我刚要睡觉，收到一条短信，我以为又是别人给我发的黄段子，我打开一看，原来是这么一条短信："我手上有你确凿的罪证，你如果不想我告发的话，就往我的银行卡上存现金最少三千，上不封顶。账号：7376322189963221。"我大吃一惊，这不是我经常用来恐吓敲诈他人的惯用伎俩吗？

我连想都没想，就把手机扔一边，脱衣上床。往常我头一挨枕头，就能呼呼大睡。可是这夜我却翻来覆去无法入睡。心里从一点不紧张，到越想越紧张。至于到公安局报案我连想也没想。直到第三天，我忍无可忍，抱着破财免灾的心态，把钱存到那个账户上，才长长松口气，不再紧张。

不料，几天后，我又收到好几条同样的短信……

国　界

苍山如海，残阳如血，尸体横陈，血流成河。

战斗打得异常残酷激烈。

隆隆的炮声、密集的枪声、震天的拼杀声，渐渐平息下来。

战场上最后只剩下两个人，俩人都受重伤，他们端着淅淅沥沥滴血的刺刀，向对方一步一步逼近。

近在咫尺时，一个尖声叫道："表哥！"

一个愣怔片刻，脱口喊道："表弟！"

俩人不约而同"啪"一声扔掉手中的枪，紧紧拥抱在一起，泪如雨下。

哭够，俩人坐在地上，背靠着背，仰望着血色苍茫的天空倾诉。

"我们本是同一个民族。"

"我们本是一家人。"

"都是该死的国界，让我们有家难回，无家可归，互相残杀。"

"谁说不是，这一辈我们是这个国家，那一辈我们是那个国家，再一辈我们又是两个国家……这样周而复始恶性循环。"

"我们祖祖辈辈子子孙孙就有打不完的仗，流不完的血。"

"国家与国家为什么要不断发动战争呢？从过去打到现在，从现在还要打到将来。今天我打你，明天你打我。"

"说是捍卫国家的尊严，还不是扩大自己的地盘和势力。"

"怎么办呢？怎么才能从此再也不发生战争，让和平永驻人间，人民安居乐业呢？"

"除非你当这个国家的元首，我当那个国家的元首。做友好邻邦和睦共处。"

"那好，让我们各自回到各自的国家，励精图治发愤图强先当上元首再签订友好条约。"

"好吧！"

多年以后，他和他都当上各自国家的元首。

他领导本国人民走振兴之路，他领导本国人民走强国之路。这两个国家在较短的时间内，成为两个超级大国。成为超级大国以后，他们马上签订永久和平协议，永不交战，和睦共处。两个超级大国却对别国不断发动战争，吞并小国弱国，再三声明多少多少年以前，那些领土本来就是他们国家的领地。

几十年后，他和他相继去世。选举产生新的国家元首。

昔日的友好邻邦如今虎视眈眈穷兵黩武大搞军备竞赛，战争一触即发，战争的风云笼罩在两个国家的上空。

人民再次面临生灵涂炭哀鸿遍野血流成河家破人亡的危险。

就在这生死攸关的紧要关头，A国的元首首先提出重签永不侵犯条约，B国也积极响应。

一场灾难性毁灭性的战争即将避免。

可令世人想不到的是，那竟是A国的缓兵之计，就在签订互不侵犯条约的当天夜里，A国的坦克飞机铺天盖地越过国界，冲进B国。

凶　手

官吏闻讯赶到现场时，吃惊不小。

这里前不着村后不着店，连个人影都看不见，按说打死人后，凶手逃之夭夭才对，可凶手却守在死者身旁，等候惩办。

官吏喝问："为什么打死人？"

兄说："我们路过这里，看见他欺负一个弱女子。怎能视而不见袖手旁观？"

这时弟说："我们劝他放了那女子，他不但不认罪，反而怪我们多管闲事，与我们厮打在一起。我们并没有想打死他，只想教训他一下，谁知打着打着……"

官吏说："空嘴无凭，你们说是救人我还说你是谋财害命呢，你们救的那个女子呢？"

兄说："早吓跑了！"

官吏问："她姓啥叫啥？"

弟说："不知道。"

官吏又喝问："是谁把他打死的？"

兄抢着说："是我！"

弟争着说："不，是我！"

官吏大声斥问："到底是谁？"

兄说:"是我!是我!是我……"

弟说:"是我!是我!是我!是我……"

官吏一时闹不清凶手到底是谁,只好将他们一起押回王城,交给齐宣王。

齐宣王问几句,也没问出个一二来,兄弟俩人都说自己是凶手。齐宣王也颇感惊奇,心想世间竟有这等奇事,争着抢着偿命。齐宣王一时拿不定主意,该杀谁,该放谁,只好下令把他们先关进牢房。

下朝后,齐宣王一边品茶,一边思索怎么才能惩办真正的凶手,可要命的是分不出到底谁是凶手。要是并赦二人,就会纵容一个罪人;要是并杀二人,就会枉杀一个无辜。

又审讯几日,仍然毫无结果。

王后一连几日看到齐宣王忧心忡忡眉头紧锁满脸愁云,便知道齐宣王碰到了难题。

这日饭后,王后笑吟吟地问:"什么天大的事,把你愁成这样?"

齐宣王便把这件事告诉王后,还说:"我刚继位,这件事处理不好,以后怎么治天下呢?"

王后笑笑说:"我还以为多大点事呢?这还不好办,知子莫如母,哪个孩子好,哪个孩子不好,做母亲的心里最有数,把他们的母亲叫来问问,不就行了吗?"

齐宣王一拍脑门,赞叹道:"妙、妙、太妙了。"

翌日,齐宣王早早上朝,把那位母亲传来。

齐宣王问道:"你两个儿平时哪个对你最好?"

那位母亲说:"都对我很好。"

齐宣王问:"平时他们俩谁最听你的话?"

那位母亲说:"都很听我的话。"

齐宣王问:"你两个儿你认为哪一个好哪一个不好?"

那位母亲说:"我认为都很好,我从小就教育他们做好人做好事。"

齐宣王沉默片刻说:"你可知你儿犯了什么罪?"

母亲说:"杀人罪。"

齐宣王问:"你认为该杀谁?"

母亲泪如雨下:"孩子是娘的心头肉,哪个我都舍不得,既然非杀一个不可,那就杀掉小的吧。"

齐宣王眼睛一亮:"噢——,世人多偏爱小儿,你却与之相反,难道你的小儿就是凶手?"

"不是,小儿是我所生,大儿是我丈夫死去的前妻所生……"

那位母亲说罢,哭得痛不欲生。

人类起源

我们一天天长大，母亲却一天天叹气。

因为兄弟姐妹们不会耕田种地，不会缝纫烹饪。

母亲常对我们说，你们以后可怎么活啊。

我们总是齐声说，到时候就有办法。

虽然我们都不会耕作缝补烹饪，但是我们却能挣钱。我们身上的衣物，没有一件是自己做的，上上下下里里外外全部是买的，想穿什么就买什么。商店里的衣物琳琅满目应有尽有。我们腹中的食物，没有一点是自己种的自己做的，吃的喝的嚼的全部都是买的。街上的超市饭店宾馆鳞次栉比豪华气派。

天有不测风云。据可靠消息，再过10天人类就要进入100世纪，地球在进入100世纪的那一刻就要毁灭。这符合有生就有灭的自然规律。

所幸的是，人类经过几十世纪地不断探测，在茫茫宇宙中发现了一颗类似地球的星球，这颗星球叫绿星。但是，不是每一个人都能够去绿星，只有极少数富人才能付得起乘坐宇宙飞船的昂贵费用。世界有时候就是这么不公平，干活的不挣钱，挣钱的不干活。

所幸我的后裔是富人中的一员，在地球毁灭的前夕仓皇登上绿星。

开始，大家无比兴奋，他们亲眼看见了地球爆炸的精彩瞬间。蔚蓝色的地球发出"轰"一声天塌地陷般的巨响，然后变成一个太阳似的火球，消失在浩瀚无垠的太空。他们站在绿星上，魂不附体，呆若木鸡，许久才缓过神来。然后，欢呼雀跃。他们成为百亿人类中极少数的幸存者。可是好景不长，他们不久又陷入无比恐慌之中。因为大家已经把带来的食物衣物消耗殆尽，弹尽粮绝。更不幸的是，来到这个星球的这些人，一部分人就会发号施令，一部分人就会高谈阔论，一部分人就会作账造表，一部分人就会走穴演出，一部分人就会坑蒙拐骗……唯独缺少会耕田种地的，唯独缺少会做衣做饭的。捎来的诸如电脑、手机、电视、空调、洗衣机、金子、美元、珠宝、名车、名画、名字……几乎成了一堆废品，不能吃不能喝不能穿，毫无价值，毫无用处。

他们终日无食可餐，无衣可穿。

饿极了，他们开始吃草、吃树叶、吃野果、生吃鱼、生吃野兽……由于长期喝生水吃生食，他们的身上长出了长长的毛，久而久之，他们变成一群用四肢行走叫"猿"的动物。

过了几世纪，他们学会了用石器打猎。

又过几世纪，他们又发现了火。

再过几世纪，他们开始直立行走……

男　人

"你去孩子他舅那里借口袋棒子。"

女人盘腿坐在炕头，一只手插进露着棉絮的棉袄下面的腰际，一只手夹着烟，支在腿上，守着昏黄的煤油灯。

男人坐在灶前，上身前倾压在叉开的膝盖上，瞅着灶膛里没有丁点火星的草灰，没吱声。

女人大半截烟卷儿抽完，又拿起一张纸捏一撮烟叶，一边卷着一边说："嗯？"

男人缓缓地抬起头，长长喘口气："不去！"

"为啥？"

"……"

"已到这般田地。"

男人仰头，盯半晌黑黑的屋顶，摇摇头，闷闷地说："不，不去！

"你不去？这冬咋过？咱俩饿死就饿死，可怜这几个孩子啊！"女人抹眼泪。

"哥那里就有？"

"你去借借试试，要是有呢？"

"哥要是不借，咋出门？"

·024·

"哥有准借，要是不借，你就说拖着小的老的，过不了冬。"

"……"

女人开始铺被窝："早睡吧，明天好早走。顺便拾车子草回来，也没啥烧。"

第二天，天还黑着，男人推着小推车上路了。风很大，刮得人站不稳，土粒子砸在脸上生疼，风沙迷得人睁不开眼。

天黑下来才到。

男人进院，正被嫂子看到，嫂子笑嘻嘻地道："哟，妹夫，你来啦！"

男人想说借粮又没说，应道："啊。"

嫂子又说："你快进屋，我去做饭，俺才刷出锅。"

高粱饼子，玉米粥，炖白菜，白菜里油不少，油花漂了一层。男人吃得满口香。一边吃一边琢磨着怎么开口，想出好几个方案又都嚼碎咽了下去。吃完，男人和哥坐在椅子上喝水。光想着借粮的事，男人喝得没滋没味。一次次发狠开口，一次次没开口。

"孩子们挺旺相？"嫂子坐在炕沿上说。

"挺旺相。"

"老人家都壮实？"

"都壮实。"

拉一晚上的呱儿，男人心里有事，话说得很少。

快睡觉时，哥问："今年的秋收好不好？"

"不好"两字爬到男人的嘴边舌尖，男人又改口："还好。"

"粮食够不够吃？"

"不够吃"三字直在嘴里打转转，男人咽口唾沫："够吃。"

临走时，哥还问："你上这里来有啥事就说，可别不好意思！"

男人咬着牙说："没啥事，来拾草的。"

三天后，男人推着草回到家。

女人问："哥不借粮？"

男人说:"我没说。"

女人急得直哭:"你呀,你呀,咋办?"

男人说:"有办法,要饭去!"

人生之旅

说不清为什么，你总是感到很痛苦。

你不知道别人是不是也痛苦，就跑去问别人。

你问A："你痛苦吗？"

A说："我痛苦。"

你一惊说："你有什么痛苦？你看你年轻有为，前途无量。"

A就叹口气："那有什么用，我想要个儿子，可偏偏生个闺女。"

你又问B："你痛苦吗？"

B说："我比你痛苦。"

你感到不可思议："你莫不是笑话我吧，你看你有一个活泼可爱的儿子，这是多少人想有却没有的事啊！"

B沉默片刻说："我妻子失业无所事事，你说我能不痛苦吗？"

你再去问C："你痛苦吗？"

C苦笑几声："怎么不痛苦？"

你困惑地说："你看你有一个宝贝儿子，全家都在好单位上班。"

C摇摇头说："一言难尽，我身患一种无法医治的疾病，你说我痛苦不痛苦！"

你还不服气，再去问D："你看你全家没有下岗的，还有一对龙凤胎，身体又那么好，难道也有痛苦吗？"

D苦笑几声说："你不知道我多痛苦,儿子不务正业,三天两头给我惹是生非,还不如没这个儿子。女儿也不争气,学习成绩总是倒数几名,唉,不说不要紧,越说我越气!"

你不想再问下去,你发现每一个人都很痛苦。你弄不明白这是为什么,便想出家——跳出三界外,不在五行中,不就没有痛苦吗?

你来到普陀山,要削发为僧。

老方丈问:"为什么要出家?"

你说:"为没有痛苦。"

老方丈笑笑说:"出家人也有痛苦。"

你大吃一惊:"真的?"

老方丈点点头。

你说:"那我就去死。"

老方丈哈哈大笑:"你连死都不怕,还怕痛苦吗?再说死也有痛苦。"

你给老方丈磕一个响头:"请师傅告诉我怎么才能没有痛苦。"

老方丈说:"要我告诉你办法,答案就在书里,古人言,书中自有天与地,书中自有情与理。"

你连忙问:"在哪本书里?"

老方丈说:"在古今中外的每一本书里。记住,你读书越少痛苦就越多,读书越多痛苦越少,直到一点痛苦也没有。"

你问:"灵吗?"

老方丈说:"不灵再来找我。"

你回去后半信半疑地打开一本书,如饥似渴地读起来。读完第一本书,痛苦果然少一点;读完第二本书,痛苦又少一点;你又拿起第三本……

最后,你感到没有一点痛苦,因为通过博览群书,你醒悟到人的欲望是无限的;但是,人的欲望不可能得到无限的满足……

所以,人才感到痛苦!

这时候，一个年轻人跑来问你："你痛苦吗？"

你说："我不痛苦。"

年轻人问："为什么？"

你说："不为什么。"

年轻人说："看来你是真老了。"

你盯着年轻人急匆匆离去的背影，自言自语地说："多像年轻时的我啊！"

爷爷的枪

我是爷爷的一条尾巴,爷爷走到哪儿我跟到哪儿。我感觉爷爷是天下最让我着迷的人。因为我像所有的小男孩一样喜欢枪。而爷爷也喜欢枪,爷爷总是变戏法似的给我弄来好多"枪"。

爷爷不但喜欢枪还会造枪。他有时用各种木棍给我造枪,长的、短的,背着的、挎着的。他有时用各种农作物杆给我造枪,手枪、步枪、冲锋枪、机关枪……五花八门,应有尽有。

我问爷爷,你小时候喜欢枪吗,爷爷?

爷爷说,喜欢啊。

我问,你为什么喜欢枪?

爷爷诘问我,你为什么喜欢枪啊?

我说,我觉得好玩。

爷爷笑笑说,爷爷小时候喜欢枪,可不是觉得好玩。那时候,兵荒马乱枪炮声不断,爷爷害怕,总是身不离枪,身上有枪爷爷就不害怕。

生活好点后,爸爸和姑姑都会给爷爷一些零花钱。爷爷舍不得花。他每次赶集,总会给我买枪回来;他每次进城,也总要给我买枪。有塑料的,有铁的,有冒光的,有冒火的,有带声音的……有时,我疑惑不解,外面怎么这么多枪啊?渐渐地,我产生一种离奇的想法——什么时候,我能摸摸真枪啊!

我真摸到真枪。十八岁那年我参军到部队，天天摸枪。

这年，我回家探亲，爷爷问我，摸到真枪没有？

我说不但摸到真枪，我还是部队上的神枪手呢。

爷爷说，你跟我去看看枪。

我笑起来，心想爷爷真是老得越来越糊涂，但又不想惹爷爷生气。我就问，上哪儿去看？

爷爷一边一探一探地往外走一边说，你跟着我走就行。

我骑上自行车，追上爷爷，带着爷爷出村。

村外有好几条纵横交错的公路，不管是大路还是小路，路两旁都栽着树。

爷爷指着那些树说，你看像不像机关枪？

我看看说，怎么是机关枪呢，那不是树吗？

爷爷说，你再看看，树干像不像枪身，枝头的无数片叶子，像不像枪口喷出的子弹？

让爷爷这么一说，我看着还真有点像，就说，像，真像。

走着走着，爷爷指着一片高粱地说，你看那些高粱，像不像一支支步枪？

我不想让爷爷不高兴，就说，爷爷，让你这么一说，还真像，我原来咋就没发现呢？

爷爷笑起来。

路过一片玉米地，爷爷又指着玉米说，你看看那一棵棵玉米，像不像一支支冲锋枪。杆像枪身，缨像刺刀，玉米苞像弹夹。

我说，是是是。

爷爷说，知道吗？这些树木啊庄稼啊花草啊都是大地的枪啊。

我说，大地还需要枪吗？

爷爷说，当然需要。它们保护着大地啊。

在回去的路上，我问爷爷，你见过真枪吗？

爷爷说，我不但见过还有过真枪。

· 031 ·

我吃惊地说，真的吗？

爷爷说，那还是在辽沈战役的时候，国民党的军队被围困几天几夜，没吃没喝，一个馍就换一把枪。我就用一个馍换过一把枪。

我说，他们没枪还怎么打仗？

爷爷说，也许他们饿得忍受不住，也许他们根本就不愿意打仗，不然他们就不会失败。

我连忙说，是是是。

我又问，爷爷你的枪呢？

爷爷说，打完仗，部队收缴枪，我第一个交。

……

我再一次探家时，爷爷更老了，老得走不动路，只能坐在炕头上。而我这次探家与前几次探家已有天壤之别。我从一个扛枪的兵成为一个军官。

听说我回来了，亲朋好友都来看我，屋里挤得满满的。座位上坐满了人，炕沿上坐满了人，还有站着的。人们七嘴八舌地恭维我，恭维我父母。有说我有出息的，有说我光宗耀祖的，有说我父母教子有方的。最后人们又恭维我爷爷，说我爷爷有眼光，当年没人愿意去当兵，只有我爷爷坚决支持我当兵。

我爷爷咳嗽一阵子，就说了一句话，在我眼里他什么都不是，他就是爷爷的枪！

一条棉被

天还没亮,娘就说,你爹今天回来。

吃着早饭,娘还念叨好几句。

刚吃完早饭,娘便撂下饭碗,跑到村头的大道上往东张望,看爹回来没有。

之后,几乎每隔一两个小时就跑出门去看看,每次回来娘都冻得牙齿直打战。

到晌午时,又下起大雪刮起大风,娘更着急起来,跑到村头的次数更多,但每次都是满怀希望而去,焦急失望而归。

中午饭,娘也没咋吃。

一下午娘重复着一句话,咋还不回来呢?像丢了魂似的。

娘做出晚饭来,让山和三个弟弟两个妹妹吃得饱饱的。所谓的饭也只不过是地瓜干窝头和咸菜,然后对山说,你和我搭着伙,咱去接接你爹。

娘牵着山的手走出家门。雪大片大片飞,风大声大声吼。娘和山在雪地里蹒跚,再用力也走不快。

山边走边问,爹干什么去啦?

娘说,去孤岛割芦苇。

割芦苇干什么?

明年春天卖掉,换成地瓜干吃,好不让你们几个挨饿。

明天年三十吃什么？

给你们蒸锅馍馍吃。

真好吃。

让你们解解馋。

年初一能吃饺子吗？

能，怎么着也得包顿饺子。

走出几里地，没见爹。

娘丝毫没有回去的意思，拉着山的手急急地走。

又走出几里地，还是没接着爹。娘说，孩子，你注意听着点，只要有铃铛声响，就是你爹来了，咱家那头毛驴脖子下的铃铛特别响。

山竖起耳朵用力听，却光听见风在咆哮，别的什么都听不见。

又走出几里路，雪已经把路全埋在下面。山说，这么深的雪，爹赶着毛驴车能走得动吗？

娘说，我也很担心，不过，咱家的毛驴很壮能拉动，就指望这头毛驴替咱干活。你爹拖着个病身子，你们又还小。

山说，我什么时候才长大啊，长大好替咱家干活。

娘说，娘指望你长大好好念书，不希望你好好干活，这也是你爹经常说的。为什么？

好好干活苦啊，孩子，只有好好念书才有出息，才享福。你爹和我小时候兵荒马乱没捞着书念，不能让你们再走我们的老路。你爹这次临走时还说，这次多割点芦苇，春上卖个好价钱，给你买上个书包哩。

娘，我走不动啦。

好孩子，再往前走走，说不定就接着你爹了。我还用地瓜干给你爹换上斤白酒哩，接你爹回到家，让他暖暖身子。可不许说是我用地瓜干换的，就说我到你姥娘家拿来的。

嗯，我不说。

突然，山隐隐约约听见前方传来铃铛声，山说，有铃铛声。

娘站住，山也站住，侧耳仔细听。过了片刻，前方果然传来很细很细

"丁零、丁零"的声音。

娘和山几乎是不顾一切地往前扑去，山一边踉跄着一边喊，爹，爹——我和娘来接你……

终于扑到车前，只见满满一车芦苇，小山一般。却没看见爹的身影，山和娘围着车找。右边的车轱辘变了形车胎也瘪瘪的。爹在车的左边，两条胳膊紧紧抱在胸前，坐在雪地上，背倚着车。山和娘俯下身拼命叫喊，爹——爹——孩子他爹——孩子他爹，爹却无论如何都叫不醒。

那头毛驴在避风的地方拴着，低头吃着地上槽子里的草。吃几口摇摇头，抖落头上的雪。毛驴身上盖着一条厚厚的棉被，那也是山家唯一一条厚棉被。是娘让爹下孤岛时捎着的……

失窃的尴尬

最后一口包子还没咽下去,她便伸手往衣兜里去掏钱。掏半天没掏出来。钱包不知什么时候被人拿去了。她低头在地上找找,左右看看,然后讪笑着说:"钱包被人偷去了。"

站在一旁等着她付钱的老板说:"这屋里就你和你的孩子,再就是我,又没有别人,这么说是我偷了你的钱包?"

她脸上闪过一叶红晕说:"我没那个意思,可能是我排队时被小偷偷去的。"

老板用狐疑的目光盯着她说:"才发觉?"

她张了几次嘴,再没说出话。有一种无法解释清楚的感觉,然后换上一副笑脸说:"我留下一张欠条,办完事回来从这里路过时还你钱。"

铁塔般的老板摇着冬瓜似的头说:"这种事我碰到过好多次,到现在光见欠条不见人,不信我拿欠条你看看?"

她摸出驾驶证从里面抽出一张银行卡说:"那把我的银行卡留下,到时候我拿钱来赎。"

老板说:"这要是张废卡呢?"

她说:"绝对不是,这里面好几千呢!"

老板说:"可我现在看不出你这玩意里面到底有没有钱。"

她又抽出身份证说:"就把我的身份证留下,放心了吧?"

老板说："身份证也有假的。前几天我还听说有人利用假证件骗走人家好几万。"38她想想说："把我的手机留下做抵押。"老板说："谁知道你这手机是哪里来的？我还怕公安局来找我麻烦。"她浑身摸摸再没有值钱的东西，便说："干脆把我的摩托车押在这里总行吧？"

老板说："不行，我怕你的摩托车坏了，要求索赔，我可赔不起，现在什么人没有哇！"

她赌气说："那我把孩子押在这里。"

老板看看她的脸，又看看孩子的脸说："这孩子一点都不像你。"

她说："像他爸爸。"

老板说："我又不认识他爸，我不知道是不是你的孩子。现在贩卖人口的、偷小孩的、合伙诈骗的可多了。再说你那孩子长着腿，我光给你看孩子，甭卖包子啦。"

她一生气，抬杠似的说："那就把我押上。"

不料老板说："更不行，我怕你回头敲诈我一笔钱。"

她焦急地说："那你说咋办？"

老板说："没钱就别想走人。"

她说："我还有很紧急的事要办。要不，能到现在才吃饭？"

老板说："这附近你有没有认识的人？"

她说："没有。"

老板说："用手机打电话让你家里人送来！"

她说："那就晚了。我绝对不是骗子，一定会来还钱的。"

老板斩钉截铁地说："晚了也不行。我怎么知道你是不是骗子。"

畸形人

畸形人小的时候，并不畸形。也有眼睛，也有鼻子，也有耳朵，也有胳膊，也有嘴巴，也有双腿，也有心。红红的太阳出来了，他会说真美；热气腾腾的饭菜熟了，他会说真香；树上的小鸟叫了，他会说真好听；看到有人掉东西，他会跑过去捡起来，交给人家；见到大人，他会笑着叫"叔叔"、"婶婶"、"大伯"、"大娘"、"爷爷"、"奶奶"……

村里没有学校，上学要到十几里远的地方去。妈妈有时给他几元钱，对他说遇上天气不好，就坐车回家。他不，他每次都是骑自行车回家，再大的风再大的雨，他舍不得花那几元钱。他省下钱，给妈妈买副老花镜，给爸爸买盒烟。

他学习很不错，高考却名落孙山。不是他没考上，分数还不低，他那个名额让一个有权有势的人家的子女顶替了。

他感到奇耻大辱，他痛哭，他呼号，他奔走，都无济于事，他就像暴风雨中一株孱弱的小草，任凭别人的摧残踩踏，那么无助，那么无奈，那么凄惨……擦干眼泪，他只身去南方。一路奔波，一路颠沛，一路感叹，就像一个朝圣者，那般虔诚，那般执著，他壮士一去不复返，宁愿死在外面，也不回那个让人窒息而死的小山村。

最后他流落到南方的一处建筑工地，扛水泥，搬石头，推砖块……活很累，挣钱不多，还得卖命干，不然就走人。他玩命地干，想干得好一点，赢得队长的好感，换轻点的活。时间一天天过去，他还是干最苦最累的活。后来，他听人说，只要给队长送礼，就能干轻活，并且礼越多，活越轻。他半信半疑。后来，他累得实在挺不住，就抱着侥幸的心理，买上两瓶酒去队长家一趟。不几天，他果然干上轻一点的活。他仿佛刹那间大彻大悟，仿佛一下子发现了什么秘密，有一种"众里寻她千百度，蓦然回首，那人却在灯火阑珊处"的感觉。

他想事情如此简单，何乐而不为呢？他省吃俭用地攒钱，将攒下的钱，变着花样地送给队长，队长便玩把戏般让他干越来越轻的活，直到有一天，他干上副队长这个角色。

当上副队长，就有接触更上一层领导的机会，他发现有一位实权派领导很好色。于是，小心眼特别多的他开始一个更大的阴谋。他回家一趟，把他情窦初开的妹妹，以参加工作的名义带来，然后用恫吓诱惑的手段，拱手送给主宰他命运的一个糟老头子。

他的地位也随之一变。这之后，他仿佛找到步步高升、神通广大、无所不能的金钥匙……

他年龄到底有多大，没人知道，因为他能把年龄一会儿改大一会儿改小。他学历到底有多高，没人知道，因为他的学历要多高就能有多高。他到底有几个孩子，没人知道，因为他反正不止有一个。他到底姓什么，没人知道，因为他有好几个身份证。他到底回不回家，没人知道……

他失去眼睛，因为他的眼睛已看不见太阳；他失去鼻子，因为他的鼻子已闻不到饭菜的香味；他失去耳朵，因为他的耳朵已听不到鸟叫；他失去胳膊，因为他的胳膊已不再干活；他失去双脚，因为他的双腿已不再走路；他失去嘴巴，因为人们说他不说人话；他也失去心脏，因为人们说他不干人事。

他成为一个畸形人。

蜘　蛛

经过十年如一日的努力和奋斗，我终于修成正果，当上一个经常能在电视里露面的领导人物。当然我也就成为一个很有用的人。在我居住的这座城市里，几乎没有我办不成的事，因为我像一只蜘蛛，编织一张庞大无形的网，渗透到每一个角角落落。酒宴天天排得满满的，手机此起彼伏从早响到晚，求我办事的人一个接一个。虽然与老婆孩子近在咫尺，却无缘相见。忙得我脚打后脑勺，喝得语无伦次。

我又是一个热心人，只要我能办到的事，我是有求必应。我怕人家说我当官变质看不起人，也怕在台上得罪人下台后难受。可是无论我怎么提高办事效率，也总有办不完的事，大事小事都有，譬如：入党、提干、职称、文凭、调动、上学、入托、住院、结婚、保险、拉存款、批二胎、要证、办证……连我也感到奇怪，这年头怎么干什么都得托人走后门啊？说来也奇怪，看似很棘手的难题或悬而未决很久的事，只要我一句话就迎刃而解，真不知那么多公务员整天忙些什么。

看似都是我的事，其实没有一件是我的，都是替别人忙活。什么乡下那些八竿子打不着的亲戚，什么城里的七大姑八大姨，什么几年几十年前的同学战友同事，纷纷从各个角落涌向我，浩浩荡荡，蔚为壮观。

这样下去非累死我不可，我厌倦这种生活，要想解脱只有辞职。

我就到上级那里辞职。不料上级说是不是嫌官还小哟。我说不是不是。上级说要么是嫌提拔得慢。我说不是不是。上级说那为什么？我说我感觉太忙太累想休息想清闲。上级说你的意思我明白，你回去等着吧。

我就回去等着，可万万没想到，等来等去却又高升一级。这下更热闹起来，随着我手中的权力越来越大，找我办事的人越来越多。直到我无暇履行我的职责，天天忙着给一大群人开绿灯写条子。

我越想越后怕，这样发展下去，结局不外乎两种，一种是进牢房，一种是进病房。

我又找到上级要求辞职，这次理由很充分，身体有病。我终于如愿以偿地卸任。

这样我在公共场合和电视上便销声匿迹。

从此，我也就几乎什么事也办不成。更令人费解的是厄运几乎一个接一个，儿子被撤职，女儿下岗，儿媳调换不好的工作，女婿遭人暗算……

那天，老伴回来说："你说说你到底为什么被撤职的？"

我说："谁说我被撤职的，我是自己辞职的。"

老伴说："我出去这么说，没有人相信。"

一天，儿子回来安慰我说："爸，想开点，名利都是身外之物，身体才是革命的本钱。"

我哭笑不得："我不存在想开想不开的事，是我自己要求不干的。"

儿子说："想开点，想开点，一定得想开点。"看那样子，儿子以为我骗他。

又一天，电话急促地响起来，我刚把听筒搁在耳朵上，就听见女儿哭咧咧地说："爸，你没事吧？"

我颇感奇怪地说："没有什么事。"

女儿说："社会上传闻你被抓。没事就好，没事就好。"

又有一天，儿媳风风火火地跑来，还没等进门就喊道："爸——爸——爸——"

我说："出了什么事，大惊小怪的。"

儿媳一见我，才大口喘着气说："我们那儿说你跳楼了！"

我再也承受不住接二连三的打击，眼前一黑，摇晃几下，倒下去。

当我醒过来时，我发现自己变成一只蜘蛛，又开始编织一张庞大无形的网……

大决战

"报——"一兵卒慌慌张张疾步跑进,"报主公,鲁军又夺去我阿、鄄二城。"齐景公摆摆手,兵卒退下。

齐景公用威严的目光,扫视着文武百官说:"诸位爱卿,谁能退敌替寡人分忧啊?"许久,无人应声。齐景公的目光射到谁的脸上,谁就羞愧得低下头。突然,齐景公高声叫道:"田穰苴!"站在最后面的田穰苴,费好大劲才挤到前面,一抱拳说:"臣在!"齐景公说:"寡人封你为大将军,给你兵车十万甲士百万,前去抗击鲁军收复失地,只许成功,不许失败!"田穰苴说:"臣遵旨。"略微迟疑一下,又说:"臣有一事恳请主公答应。"齐景公说:"爱卿请讲。"田穰苴说:"臣虽蒙主公赏识委以重任,臣熟读十年兵书也正想为国立功,但臣出身低贱,完全是靠自己苦学成才,没有任何背景,一跃而为大将军,恐怕无人能服,行军作战,不听号令,焉能取胜!故恳请主公派一位监军,以助微臣。"齐景公连声说:"有理、有理,爱卿果然不负厚望,就派我最宠爱的公子去吧。这样一来助你一臂之力,二来让他长长见识,为以后登基治国打下基础,去传公子!"不一会儿,公子到。齐景公说:"赐你宝剑一把,充任监军,敢有违抗田大将军之令者先斩后奏。"公子低头抱拳说:"我和田大将军一定齐心协力,击退鲁军。"齐景公满意地点点头说:"看来我泱泱大齐后继有人,退朝!"

翌日，一辆辆兵车一队队甲士，从不同方向进入校场。点将台上田大将军身披铠甲，目光炯炯，肃然站立。在点将台的一侧，竖着一根测日标杆，太阳把标杆的影子清晰地投在地上。随着测日标杆的影子愈来愈短，人山人海的校场上越来越躁动不安，田大将军也越发焦急地向营门方向张望。当测日标杆的影子与标杆成为一条直线时，点卯官高声喊道："午时已到！"田大将军对军乐官说："奏乐！"霎时，雄壮的鼓声号声响彻云霄地动山摇。乐毕，田大将军站在点将台上，面对将士慷慨激昂地说："今有鲁国无故兴不义之师，犯我边疆，夺我山河，杀我军民，占我城池！我们身为大齐子孙，是可忍孰不可忍！"将士们群情激愤，振臂高呼："打败鲁国！收复失地！报仇雪恨！"田大将军说："此次出征，无论大小将士须严守军纪。闻鼓而进，闻金而退，观旗而行，凡有违令者，不分贵贱，一律军法处置。"

"田大将军，田大将军——"随着一声声大叫，公子的马车疾驰到点将台下，公子醉醺醺地下车，摇摇晃晃地登上点将台说："为何不等我，便自行阅军？"田大将军说："你我昨天约定今日午时阅军，为何姗姗来迟？"公子说："大家为我送行，也怪我贪杯，故而来迟片刻。"田大将军声色俱厉地说："你身为监军，言而无信，未等出兵，先犯军规，如何服众？"公子拍拍腰际的宝剑说："大将军不必多虑，有尚方宝剑，谁敢不服。"田大将军压低声音说："你应向将士们自责才对。"公子说："让我认错，我长这么大从来没认过错，只有我管人，谁敢管我？"田大将军不容置疑地说："你要以国家为重，速速道歉。"公子笑笑说："齐国是俺家的，以后我就是天子，我怎么可以道歉呢？"

田大将军突然大声叫道："司法官！""在。""午时不到，该当何罪？""按罪当斩！"公子狂妄地说："田穰苴，你想斩我？你睁大眼睛看看我是谁？"田大将军吼道："把他拿下！"数名侍卫一拥而上揪住公子，一名侍卫取下挂在公子身上的尚方宝剑，交给田大将军。公子拼命挣扎："放开我！放开我！我看你们是不是都活腻了。"田大将军双膝跪地高擎宝剑泪流满面地说："主公，为不负重托，为不亡国，微臣不得不这么做，忠义之心，天地可鉴！"然后挥挥手说："推出去，立刻斩首。"

不多时，一名侍卫戟挑公子的人头，在齐军行列中骑马缓缓而行，边走边喊："监军违犯军法，已被斩首！"

几日后，齐景公刚上朝，一兵卒跑进来禀报："报主公，鲁国闻听田大将军治军严明，带兵有方，不敢迎战，闻风而逃。田大将军乘势追杀，一举收复失地！"

齐景公大声说道："好，好，看来田大将军真是不负众望啊。"

不过，文武百官在心里都替田大将军捏着一把汗，田大将军杀了齐景公的爱子，齐景公能放过他？看来齐景公与田大将军的大决战开始了。

脱口秀

齐景公在等一个人。

可等的人不来，不等的人却络绎不绝地找来。都知道齐景公手里握着楚王派人送来的一封亲笔信，要求派一名重臣使楚，与齐国缔结盟国。在好多人眼里这可是一份又有名又有利的美差，既能到异国他乡游山玩水，又能彪炳千秋永载史册，何乐而不为呢？可是只有齐景公心里明镜一般，这哪里是份美差，分明是一份虎口拔牙的苦差，搞不好要掉脑袋。

齐景公等的那个人就是晏婴，齐景公想让晏婴去送死。即使晏婴活着回来，只要达不成盟国之约，他也以没完成使命为由，杀掉晏婴，谁让他和田穰苴是师生关系呢？也肯定不会达成，他还不清楚楚王的险恶用心吗？

眼见日期越来越近，晏婴却一直没露面，最后还是齐景公沉不住气，只好下一道圣旨，派晏婴出使楚国，并假惺惺地为晏婴举行隆重热烈空前的欢送仪式。晏婴身着平时穿的旧衣，坐着平日简陋的马车，从从容容地出发。

这日，楚国的都城出现在晏婴眼前，可见到晏婴不是夹道欢迎，而是急急忙忙关上城门。晏婴迷惑地朝城头喊道："见到远方的客人为何关闭城门？"正在这时，城门右边的一个低矮的小门突然打开，随之跑出几条狂吠的脏狗，城头的兵士喊道："楚王有令，凡各国使者，身材高大之人从大门进，身材矮小之人从小门进。"晏婴说："我看这小门分明就是狗洞嘛？"兵士们一听哈哈大笑说："那你就从狗洞里钻进来吧。"晏婴说："我只知人从人门进，狗才从狗洞钻，我若从这狗洞进去，贵国岂不成狗国？"躲在一旁的楚王，面红耳赤地下令："开城门，快开城门。"

进城后，楚王和晏婴两驾马车并驾齐驱在宽阔的大街上，突然奔来几队身材高大的持戈兵士，围着晏婴的马车耀武扬威，杀气腾腾，令人胆战心惊不寒而栗。晏婴非但一点没胆怯反而大笑起来。楚王历声问："为何发笑？"晏婴说："我笑楚王胆小如鼠。"楚王沉下脸说："嗯？"晏婴说："我一个手无缚鸡之力之人来到，楚王便如临大敌，兴师动众，假如齐国兵临城下，楚军还不吓得屁滚尿流，望风而逃。"楚王一个眼神，兵士们潮水般向后退去。

当行至一个路口时，一窝蜂似的涌过来一群缺胳膊少腿、耳聋眼瞎、侏儒罗锅怪模怪样的人，围着晏婴的马车发出种种怪叫，并做着下流、猥亵的动作。楚王发出阵阵冷笑。晏婴面无表情，神色冷峻。楚王问道："我这仪仗队精彩否？"晏婴鼓掌赞叹："精彩，太精彩！"楚王问："哦，哪里精彩？"晏婴说："贵国确实与齐国不同，我们齐鲁大地讲究有朋自远方来不亦乐乎，故而选英俊的男子和美丽的女子夹道欢迎，而贵国却恰恰相反，可见贵国是以丑为美、以臭为香啊。"楚王气恼地一挥手，马车又徐徐前进。

晚上，楚王率领文武百官为晏婴接风洗尘，酒过三巡，菜过五味，站起来一位大臣说："听说你们齐国人杰地灵，物华天宝，可你穿的衣服一点都不昂贵，坐的马车一点也不华美，像一个叫花子，岂不是给你们齐国丢人现眼吗？"惹得一片哄堂大笑。晏婴欠欠身子说："虽然我衣衫褴褛生活俭朴，但我们齐国的老百姓却安居乐业，丰衣足食，这不正好说明我们齐国的君臣，先天下之忧而忧，后天下之乐而乐吗？"那人张口结舌地刚坐下，又站起一人说："自古将相都是天庭饱满，鼻直口方，肚大腰圆，相貌堂堂；可你却尖嘴猴腮，枯瘦如柴，身材矮小，其貌不扬。你不觉得耻辱，有损于齐国的形象吗？"晏婴说："自古道人不可貌相，海水不可斗量，秤砣虽小，却能坠千斤，船桨虽长，只能用来拨水，难道你们楚国都是以貌取人吗？"那人刚垂头丧气地坐下，又站起来一人一语双关地问道："齐王为何不派别人单单派你来呢？难道齐国没人了吗？"晏婴说："我们齐国，衣袖举起来，能遮住太阳；甩一把汗，像下一场大雨；大街上行人肩靠肩脚跟脚，怎么能说没人呢？不过，在我们齐国有个规矩，精明威武的使臣，让他们到贤明的大国充当使节，像我这般矮小愚笨之人只配到野蛮之国。"说得那人无言以对，楚王不禁暗暗佩服晏婴的聪明才智，不过他仍不死心，把筷子重重地往桌上一拍，立即有四五个兵士押着一个人进来说："楚王，我们抓住一个小偷。"楚王问："他是哪里人？"兵士推搡着那人说："快从实招来！"那人战战兢兢地说："我是齐国人。"楚王问："何时到的楚国？"那人答："两年前。"楚王问："在齐国可曾偷盗？"那人说："从未偷盗。"楚王得意地瞥一眼晏婴，这时晏婴说："我听说，橘子生长在淮南就是醇美甘甜的橘子，要是移植到淮北就变成又酸又苦的枳子，它们的枝叶看起来很相似，味道却完全不同。就像这人，生活在齐国时不会偷东西，到楚国不过两年就学会偷盗，这是不是也与水土环境有关呢？"一名大臣突然把酒杯"啪"一声摔在地上，立刻冲进几名兵士，把刀架在晏婴的脖子上。晏婴说："久闻楚王额头能跑马，肚里能撑船，今日一见——"楚王急忙端起酒杯说："喝酒，喝酒，晏大使真乃旷世奇才，令寡人心服口服，寡人与齐国结盟主意已定，今晚咱要开怀畅饮，一醉方休。"

晏婴那颗一直悬着的心，却还是悬着，心想楚国这边虽然虎口脱险，但是，齐国那边却更危险。

怎么走

你去看望你一个大爷爷。

我咋从来不认识,也没听说过有这么一位大爷爷呢?

爷爷说,你这位大爷爷是我的堂兄,上个世纪三十年代离家出走参加革命,据说混得还不赖,成了什么琴师。可不知为什么,七十多年,从来没回来。都说叶落归根,他怎么就连一趟也不回来呢?抗战的时候没来,解放以后没来,"文革"时期没来,改革开放了也没来,唉——

我说,当时是不是家里穷得吃不上饭?

不是,当时家里是当地的首富。

我说,是不是家里送他走的?

更不是,家里人为阻止他,把他锁在一间空屋,一个月黑风高的深夜,他砸窗逃走的。

那是为什么呢?我费解地问。

爷爷沉默半晌才说,或许是为了理想吧。

这一下激起我的好奇心,我连声说,我去,我去。

爷爷却担心我找不到门。

我说,我鼻子底下不是有嘴吗?

临出门时,爷爷一遍一遍地对我说,怎么坐火车,从哪里下火车,下火车后,找什么单位。

我的耳朵快磨起老茧,没好气地说,我打个的不就得了。

爷爷说,你操着外地口音打的,一是挨宰,二是不安全。

我说,打个电话让大爷爷去车站接我。

爷爷说,不知道电话,知道电话就好了。

我说,我鼻子底下有嘴。说话的工夫我走出老远。

路上,我根本没把这事放在心上,该睡觉睡觉,该看书看书,该聊天聊天。

事实证明我有点掉以轻心。我到达那个城市下了火车,走出火车站,分不清东西南北,到处是高楼大厦、人山人海,眼前的一切对于我是陌生的、神秘的。

我左冲右突,就是找不着路,也不知到哪里。

我忽然想起我临出门时,我扔给爷爷的"鼻子底下有嘴"那句话。

我伸手去掏上衣兜与钱放在一起的纸条,上面有详细地址。直到这时,我才发觉,兜里的东西已不知什么时候不翼而飞。

我只好凭记忆问路。

先生,艺术团怎么走?我问。

先生好像根本没听见,与我擦肩而过。

小姐,艺术团怎么走?我问。

她目不斜视,连个眼神都没舍得给我。

同志,艺术团怎么走?我怀疑是不是称呼得不对,我改称"同志"。

同志瞥我一眼,匆匆走开。

小朋友,艺术团怎么走?

小朋友撒腿便跑,一边跑一边回头看我。

我想我的模样难道很吓人?

我仍不死心,口气更客气,态度更友善,大爷,艺术团怎么走?

老大爷指指耳朵,摇摇头,那意思是聋哑人。

大娘,艺术团怎么走?

老大娘指指嘴,也走开。

我一路走一路问，不知是怎么回事，人们唯恐躲闪不及。

天渐渐黑下来，我不打算找下去，想原路返回，身上却无分文，我又困又饿又急，便蹲在路沿石上呜呜哭，来来往往的人，没有一个停下问问我怎么回事。我哭够了，心想哭解决不了任何问题，得想办法回家。我搜索枯肠，终于想出一个办法，从垃圾箱里找出一张白纸，咬破指头，写下这么几行字：

我出门在外，钱包被盗，无钱回家，请好心人给我几个钱，帮我回家。

我举着那张血迹斑斑的血书，跪在路边，乞求施舍。

令我万万没有想到，满街的人，都好像没看见我，从我面前匆匆而过，扔给我的只有偶尔几句"骗子"、"骗钱"之类的话语。

我在寒风中哆嗦好长一段时间，一无所获。只好站起身，赌气把血书撕个稀巴烂，拍拍身上的尘土，拦住一辆出租车，直奔火车站，我能叫上名的地方，只有火车站。

来到火车站，我说我没钱，你给我留下地址，我回家后把钱寄你。司机二话没说，走过来打我，我块头比他大，他没占着便宜。他恼羞成怒打"110"，我被带进公安局。警察问明情况后，说哪里还有什么艺术团。替我付上打的费，给我往家打电话，让家里来领人。

我走出公安局说，这地方的人怎么一个个这样啊？

爷爷说，哪里的人都一样。

我说，咱那里的人也是？

爷爷说，也是。

我又问，你也是？

爷爷点点头，也是。

我大吃一惊说，为什么？

爷爷说，没办法。

我大感不解，什么叫没办法？

爷爷说，上学的孩子有被骗走的，老头老太太有被骗走钱财的，年轻的女孩子有被骗去的，中年人有被骗得妻离子散的……

我说，咱去哪里，去大爷爷家吗？

爷爷说，艺术团都没了，还上哪里找你大爷爷？

我迷惑不解地说，那怎么办？

爷爷说，还能怎么办，回去！

大爷爷走的时候多大？

大爷爷要是不走的话会怎么样？

大爷爷还活着吗？

大爷爷现在在哪里？

我一路走，一路问。

……

伴 君

齐桓公最大的喜好就是打猎，可他的箭法却极臭。每次十有八九射不到奔腾跳跃的猎物。每当这个时候都是开方赶紧补一箭，算是桓公射中。开方的箭很准，百步穿杨箭无虚发。每次打猎，桓公都要叫上开方陪伴左右。桓公打猎又从无规律可言，完全凭一时心血来潮，有时一月一次，有时一月几次，有时还连续几次。

一次打猎途中，桓公突然怜悯地问："爱卿家中还有什么人？"开方答："只有老母一人。"桓公又问："身体无恙乎？"开方说："微臣自从离家已经十年整，从未回去过。"桓公一听，说："噢，为什么？"开方说："为了主公打猎时随叫随到啊。"桓公赞叹道："爱卿对我真够忠诚。"

一次打猎归来，桓公大发慈悲，问："爱卿老母可否健在？"开方说："微臣一心想着陪主公打猎，已有二十年没有回家，也不知道老母是否健在。"桓公说："爱卿爱寡人胜过爱母，寡人是不会亏待你的。"

一年开方收到一封家书，信上说老母思儿心切，身患重病，希望临终前看一眼二十年未见面的儿子。开方考虑了几天几夜没有回去。不久，开方又收到一封家书，母亲病故，让他速回家安葬母亲。恰在这时，桓公要外出打猎，说要连打数日，早晚打够再回来。开方想请假，几次话到嘴边又咽回去。开方很知道桓公喜怒无常的脾性，有时为着一点鸡毛蒜皮的事也赔上一条命；有时骂桓公个狗血喷头反倒成好人。二十年来开方天天无不是如履薄冰战战兢兢提心吊胆。今天桓公正在兴头上，自己请假若让桓公扫兴，后果会是什么呢？只有天知道，谁也不敢拿自己的脑袋开玩笑。

不知怎么搞的，今天打猎桓公的箭法出奇得准，倒是开方几次都射偏。开方知道这是自己精神不集中的缘故，举起弓箭手就微微颤抖，眼前老是浮现二十年前母亲送他出门的一幕。

"哈哈哈……又射中一只野兔，爱卿你下去帮寡人捡回来，看看射中哪个部位。"桓公高兴地说。开方急忙下战车，朝那里跑去。

突然一支利箭，从开方的后背钻进去又从胸前冒出来，开方的尸体正好压住那只鲜血淋淋的野兔。

身后传来齐桓公开心的笑声。

寒心的拼搏

一个头发枯黄瘦骨峋嶙的小男孩，跟在赶集的人流后面，不眨眼地盯着地面，偶尔看见路面上的青菜叶，赶紧捡起来放进篮子。突然，他看见有一个人把一个大苹果只咬一口就扔掉。等那人走远，他跑过去拾起来，如获至宝。

街上锣鼓震天响，大人孩子都去看。围成一个又圆又厚的人墙。韩信也跑来，在人墙后面蹲下往里瞅，却无论如何看不见。光听见里面又敲鼓又敲锣，不时从人群中爆发出阵阵叫好声。韩信找个空隙，往里挤，前面的人往后瞥一眼，吼道："滚开，小侏儒！"韩信悻悻地闪开，一边往别处走，一边用愤怒的眼睛乜斜那人。韩信又找一个空隙往里钻，前面的人往后一看，见是韩信，踢一脚韩信，说："挤啥挤，小侏儒。"韩信抿抿嘴唇走开。里面又爆发出一阵喝彩声，好像更热闹。刚走几步原想回家的韩信又忍不住折回来，仍不死心地找缝隙往里挤。挨挤的人见是韩信，吐口痰说："想看里面耍猴，回家让你娘把你生高点，我看你就像只猴。"

韩信一边哭一边跑，跟跄着，趔趄着，愤怒着，痛恨着，号啕着，恼恨着……

韩信改变路线没有往家跑，而是往村南面的小丘陵上跑去。

韩信一口气爬上丘陵顶，气喘吁吁，汗流浃背，泪流满面。韩信盯着丘陵脚下一条玉带似的小河，思绪万千，心潮澎湃，浮想联翩。韩信长这么大第一次回忆过去，第一次向往未来，第一次考虑现在。是啊，韩信以前不谙世事懵懵懂懂。苦觉不出苦，甜觉不出甜，冷觉不出冷，热觉不出热，辱觉不出辱，荣觉不出荣。现在的韩信像所有的孩子那样，自尊心很强。一颗纯洁的心灵容不得一点污辱。我是人，咱们都是人！一向心里干干净净的韩信，这时心事重重。韩信最强烈的一个念头是复仇。韩信考虑半天，发现自己有心无力，没法报仇。自己身体虚弱，又没有身怀绝技超人之处，家境贫寒，无可依仗的亲朋好友。韩信几乎是刚刚发现自己只有这块血肉之躯，还是营养不良的血肉之躯。想到这里，韩信又哇哇大哭起来，韩信哭早早死去的娘，哭从小就吃不饱穿不暖的日子，哭遭受的那些白眼、嘲弄和欺负，哭再也活不下去的生活。韩信突然冒出一个可怕的念头，不如跳进湍急的河里，一死了之。可是，他一下子又觉得可耻起来，这波光粼粼的河水，郁郁葱葱的山峦，多么美丽啊！韩信呼一下站起来，大吼大叫道："我不死！我要活！我要报仇！""孩子，你在哪里啊！"这时韩信父不知在什么地方叫喊。"爹，我在这里，我在这里。"韩信四处瞅着父亲。韩信父登上丘陵顶，韩信一头扎进爹的怀里呜呜哭，痛不欲生。

韩信父紧紧抱着怀里的孩子，老泪纵横，哽咽着说："孩子，我找你找得好苦啊，你没事吧？我真怕你有个三长两短。我知道你是一个倔强的孩子。"韩信趴在父亲的怀里只是一个劲地哭。这怀抱多么温暖，多么安全，多么宽阔。

韩信突然说："爹，我这辈子一定要出人头地！"韩信父惊讶地捧起韩信的头说："孩子，你啥时候有这个念头？"韩信坐在父亲旁边说："像我长得这么丑陋的人，只有出人头地才能活得像人。"韩信父说："对是对，可出人头地简直不可能，你不知道多么多么艰难。我小时候也这么想过，也奋斗过，可还是以失败而结束。"韩信说："没有结束，你的梦想这不又在我身上延续下来吗？"韩信父说："世上每一个人不管是有意识还是无意识，没有一个不想出人头地啊。"韩信问："爹，怎么才能出人头地呢？"韩信父说："一般说就是三条道，第一条道是在官场上混，走仕途之路，这条道需要朝里有人。第二条道是在商场上混，走经商发财这路，成为当地的首富，这条道需要有钱。第三条道是在战场上混，成为战功赫赫的将军。这条道需要英勇善战足智多谋，有时需要用生命作代价。"韩信想想说："这真叫人寒心，将来我出人头地，就在这里建宫殿，把这一带叫寒心宫，鼓励那些和我一样的孩子出人头地。"韩信父笑笑说："孩子你可真逗，好像你将来肯定能出人头地。"韩信说："只要我还有一口气，我也不说失败。即使我死了，我也要让子子孙孙继承我的理想，直到成功。"韩信父说："你这样的孩子世间少有。"韩信说："我长大后一定要称王称霸，叫别人不敢再欺负咱。"韩信父说："将来有一天你若真能称王称霸，也不能欺负别人。"韩信说："我不但不会欺负别人，还要给那些受欺负的人讨回公道。"韩信父问："你准备走哪条道出人头地呢？"韩信说："我已经想好了，走第一条道咱没有人，走第二条道咱没有钱，只有走第三条道。从今以后，我一是四处拜师学艺，二是熟读兵书，争取早日带兵打仗，建功立业，荣归故里！"

　　后来，韩信辅佐刘邦，一直打得项羽乌江自刎，天下归刘。刘邦重奖有功之将，把东方富庶之地封赏给韩信。

　　韩信荣归故里，韩信热爱这块富饶美丽神奇的土地。苍松翠柏鸟语花香的牛山，碧波荡漾鱼跃虾游的淄河，绿草萋萋稻米飘香的田野，勤劳善良的人民。韩信想，自己征战一生，出生入死，就在这里安度晚年吧。

　　韩信在淄河之畔河崖头兴建自己的齐王宫。因为河崖头地势本来就高，齐王宫又建造得高耸巍峨富丽堂皇，远远望去好似天宫落人间。这也是当年他发誓出人头地的地方。

　　韩信只在齐王宫住一年，便被刘邦调往楚地当楚王。韩信走这天，万人空巷，庶民百姓含泪挽留，天空春雨蒙蒙，淄河呜咽，牛山悲怆。韩信苍然老泪纵横，面对苍穹默默无语，对旁边的文臣武将说："以后这里改叫寒心宫吧！"

"为什么？"众人百思不得其解。

只有韩信心里明白，自己死到临头，谁让他所向披靡呢？谁让他天下无敌呢？谁让他盖世无双呢？

蟠桃宴

大殿里美酒飘香，歌舞升平，觥筹交错，欢声笑语。

正当宴会进入高潮时，内侍端一盘鲜桃，摆在齐景公面前，说："主公，御花园桃树结下五枚蟠桃，特来献上。"

齐景公看看盘中的鲜桃，红光满面地对来访的鲁昭公说："此树种乃东夷人敬献，养了三年，鲁侯造访，仙桃正熟。据说吃下此桃可延年益寿，逢凶化吉，来，请品尝。"

鲁昭公欠欠身子说："景公先请！"

齐景公伸手给鲁昭公拿一个，自己也拿一个。鲁昭公咬一口吞下，连连称赞："好桃、好桃，清香甘甜，鲜美绝伦。"

齐景公也咬一口，说："不错、不错。"然后，又对叔诺、晏婴说："你俩人乃齐鲁两国之栋梁，一人赐一个。"

叔诺、晏婴谢过后，一人拿一个鲜桃。

五枚鲜桃还剩一枚。

齐景公望望两旁的文武百官说："美味佳果，寡人理应与众爱卿共享，无奈人多桃少，实难分享，总不能一人一口吧！晏相国，这最后一个桃子，该让谁吃呢？"

晏婴略微沉思奏道："可让群臣各表其功，谁的功劳最大谁吃桃，不知主公意下如何？"

齐景公连连击掌:"此计甚妙、此计甚妙!诸位爱卿谁先表功啊?"

话音刚落,大勇士公孙捷第一个站出来,说:"那一次牛山狩猎,一只猛虎欲伤主公,是我赤手空拳将其打死,功劳大不大?"

齐景公点点头:"救驾之功,其大无比,可吃桃!"

公孙捷大摇大摆地刚要取桃,二勇士古冶子一跃而起,站出来说:"慢,昔日,我随主公渡黄河,一只大龟自水中蹿出,将主公心爱之马拖入水中,我纵身入水,潜行九里,斩杀大龟,救出骏马,为此人们都夸我是河神,功劳大不大?"

齐景公鼓掌赞道:"黄河激流,斩龟救马,勇猛如神,功不可没,可吃桃!"古冶子轻蔑地扫一眼众人,便去拿桃。三勇士田开疆见状,早已按捺不住,大声说:"且慢。我田开疆曾经率师征伐敌国,杀死敌将多人俘获甲士无数。迫使敌国俯首称臣,年年进贡,岁岁来朝,功劳大不大?"

齐景公颔首说道:"舍生忘死,开拓疆土,江山社稷,千秋伟业,可吃桃。然而三勇士都功高盖世,鲜桃却只有一枚,该当如何呢?"

晏婴一抱拳说:"不如这样,三勇士可当众比武,胜者吃桃,不知主公意下如何?"

齐景公满意地说:"好、好、好。那就当场比武吧,也为寡人和鲁侯助助酒兴。"

三勇士一齐说道:"谢主公。"

大勇士公孙捷和二勇士古冶子首先比武。俩人手持宝剑,闪展腾挪,上下翻飞,刀光剑影,都想制服对方。二勇士稍有破绽,大勇士抓住机会,把二勇士一剑刺死。

三勇士田开疆见状,破口大骂:"好你个心黑手毒的东西,竟敢杀死二哥?"

大勇士说:"功不如我,却与我争桃,不杀不足以解我恨。"

三勇士田开疆气往上撞,喊道:"拿命来。"说时迟那时快,田开疆挥剑就刺,俩人你来我往,交战在一起。

众人吓得呆若木鸡，噤若寒蝉。

打着打着，大勇士略占上风，本不想再杀三勇士，无奈三勇士像斗红眼的公鸡，剑剑狠毒，招招要害，大有非杀死大勇士不可的架势。大勇士想看来今天不是鱼死就是网破，不是你死就是我活，实在忍无可忍，使出绝招又将三勇士杀死。大勇士公孙捷手提淅淅沥沥滴着鲜血的宝剑，看看盘中那枚又大又圆的鲜桃，目睹二勇士、三勇士血泊中的尸体，手中宝剑突然"锵锒锒……"坠地，仰天大笑道："哈哈哈……昔日同甘苦共患难的兄弟，今日为争一桃，互相残杀。可怜古弟、田弟没死在敌将之手，却死在我之剑下。我纵然吃下那桃，又有何味。我若还有脸面独自活在世上也枉为勇士。士可杀不可辱，古弟、田弟等等我，我来也！"说完，举起右掌，运足力气，"啪！"地一声，拍在前额，头骨破碎，七窍流血，站立而亡。

齐景公陡然掀翻案几，张开双臂，老泪纵横："三勇士！我的三勇士！疼死寡人也！"

晏婴见状，急忙上前扶着齐景公回宫。

走进宫中，齐景公破涕为笑，擦拭着眼角的残泪说："晏相国这蟠桃宴之计绝妙、绝妙！终于除掉寡人的心腹大患，我泱泱大齐之国总算没有后顾之忧！"几日后，齐景公刚上朝，忽有人报："报主公，那日鲁昭公见我三勇士已死，今日亲率几十万大军前来犯齐。"

齐景公听罢大惊失色，文武百官面面相觑……

真 香

"点上灯吧,天这么黑了。"男人坐在灶膛前端着一个碗口有两道蓝杠的粗瓷大碗说。"急啥,天还发亮,吃不到鼻子里去。"女人坐在炕头看一眼已模糊的男人。几个孩子趴在锅台边有啃地瓜干饼子的,有喝玉米面粥的,吃得地动山摇。"要不,就不包饺子,咋着过不了年呀。"

"那咋行,孩子们眼巴巴地盼一年了。"

女人叹口气:"拿啥包?要面没面,要油没油。"

男人吃下几口饭说:"明天我去卖苇子,卖了苇子称两斤肉回来。我走了,你去孩子他姨家借几斤面,白菜自己种的不用买,不就行啦?"

女人说:"俺娘噢,都啥时候了你还去卖苇子,再有几天就过年啦。"

女人拉着男人的车子走到胡同口,男人说:"快回去吧,孩子们醒来看不见你,害怕,会哭的。"女人没说话,继续拉着车子走。

到了村口,男人说:"你快回去啊,孩子们醒来看不见你,害怕,要哭的?!"

女人才站住,把绳子拴在捆苇子的绳子上,男人继续走下去。女人一直站到小山般的男人推着小山般的芦苇完全消失在茫茫夜色中,才叹口气,顶着满天寒星回家。

男人走后,女人去娘家借了几斤面粉回来,就扳着指头掐算去几百里之外卖苇子的男人，什么时间到那里，有没有要的，什么时间卖完，什么时间返回。

一直等到年三十中午，男人才冒着大雪回来。踏进门槛劈头就说："我卖完苇子，却咋也找不到卖肉的了。"女人说："快洗洗脸，吃饭，暖暖身子。"吃完饭，男人说："我再去附近的村子转转，看看还有没有卖的。"

女人说："别再跑了，多累人。"男人急匆匆走出家门。几小时后，男人垂头丧气回到家，说："还真买不着。"女人说："买不着就买不着吧。"

男人吸了一袋烟，站起来说："我再去小队里问问。"然后又消失在纷纷扬扬的大雪里。傍晚，人还没等进屋，男人的话已经进屋："买着肉啦！买着肉啦！"

女人也喜出望外，迎到门口问："真事？！"

男人捧着肉走进屋高兴地说："你看看，你看看。小队里正好还有这么一块肉。"

女人一看，原来是块又咸又硬的咸肉。几个孩子也围过来。

女人左看了右看说："太瘦、太瘦，要是肥肉多点就好啦。"

大年初一，热气腾腾的饺子出锅。女人先给男人盛上一碗，又给几个孩子一人盛上一碗。全家人围着锅台喜气洋洋。

吃着，女人问孩子们："香不香？"孩子们说："香、真香！"

突然，一个孩子说："我吃着一块肉！"另外几个孩子围过来说："我看看。"

吃着肉的孩子张开嘴说："你看。"

还没等别的孩子看清，他生怕嘴里的那点肉飞了似的，已经咽到肚子里去了。

1985 年的津贴费

这几天新兵小马一直处于无比激动亢奋的状态之中，因为快到发第一个月的津贴费的日子了。

这也是小马长这么大第一次自己挣钱。以前，哪怕花一分钱，也要跟父母亲要。当然大人一般情况下是不给的，小马很早很早就梦想有一天自己有钱，爱买啥就买啥。

离发津贴费还有三天，小马就想好了要干的事情。首先乘车去一趟几十里外的城市，到城里后看一场电影。小马从小就爱看电影。没当兵前，为看一场电影，小马和伙伴们晚上不惜来回跑上十几里路。看完电影小马还要买一盒台港歌星的磁带，有一个城市兵整天提着一个录音机晃荡，嘴里还哼着好听的港台流行歌曲，羡慕死人了。买上磁带小马再去新华书店，买一本最喜欢的书，没事时小马最喜欢看书。也让别人借小马的书看，不能光借别人的书了。中午小马还打算吃一顿饺子，南方人顿顿吃米饭，小马老有一种吃不饱的感觉，要不就吃一顿馒头。然后呢，再去逛百货大楼，买牙膏、香皂、钢笔、本子，再有钱买一套好看的秋衣秋裤……

发津贴费的日子终于盼到了，小马第一个跑到司务长那里去领，人家说还早，小马只好悻悻返回。过了半小时，小马又跑去，人家还是说早，小马只好又闷闷地回来。小马不好意思再往那里跑了，怕老兵们笑话新兵蛋子不懂事。小马坐立不安地在班里等啊盼啊，突然，不知谁在院子里喊:"发津贴费喽——"小马一听喜出望外拔腿就往外跑……

小马攥着津贴费乐滋滋地回来了——整整十八元。小马攥在手里怕飞了似的,用足全身的力气。

不知是由于激动还是高兴,夜里小马竟怎么也睡不着。小马想到,家里他是老大,父亲在几百里以外工作,弟弟妹妹还小,里里外外全指望娘一个人,能忙过来吗?全家老老小小好几口人,全指望父亲那点工资,家里实在没钱用了,娘就去卖几十斤豆子,今年的豆子收成好吗?小马又记起父亲没钱买烟时,就卷树叶抽;小马还想起来,弟弟妹妹有时要咸菜吃,娘没办法就用一星油炒点盐粒子。

小马不知是由于想家,还是什么原因,眼泪汹涌而出,湿透整个枕头。小马悄悄爬起床,拿来信纸、钢笔,趴在被窝里,打开微型手电筒,给家里写信:娘:

您好!我发津贴费了。部队里啥都管。吃饭、穿衣都不用花钱。我把我发的十八元钱邮回去十六元。我只留一块多钱买点牙膏、香皂之类的东西就行。这样,您就可以少卖几十斤豆子。给弟弟买顶棉帽子吧,他那顶帽子又小又破都好几年了,去年弟弟的耳朵都冻得流血;也给妹妹买副手套,她的手冻得又红又肿;您也买双棉鞋穿,您的脚都冻得裂开好宽一条口子……

娘,以后我会把每个月的津贴费都寄回家的,我花不着!

……

金项链

　　金子读高中时，女同学中就有戴项链的。金子长得挺漂亮，如果脖子上再挂个金项链，会更漂亮，可她连想也不敢想。父亲是一名普通教师，工资不高，不但养家糊口，还要给哥哥盖屋娶妻，哪有闲钱给她买那奢侈的东西呢？

　　金子暗暗发誓，自己挣钱后，先买一条金项链。

　　金子挣钱了，挣得不多，一月一千多块，她又舍不得花，总是把工资如数拿回家中，自己只留个生活费。女伴订婚少不了金项链，有的是男方主动买的，有的是女方要的。

　　金子想，自己订婚时，先要一条金项链。

　　金子订婚时，想等男方主动给她买项链，可男方一直没那意思，金子几次发狠张口要，可话到嘴边又咽下。

　　金子自己安慰自己，等婚后再买吧。

　　结婚后，小两口勤劳能干，小有积蓄。金子打算去买条项链。

　　可是，金子的小叔子订婚，女方说不买上金项链不订婚。这可愁煞了公公婆婆，买吧，当初没给金子买，再说也没那么多钱。金子听说后，说："放心吧，我没意见！钱不够我添上点。"感动得公公婆婆热泪盈盈。

　　转过年，攒了一千五百块钱，能买一条十克的项链了。这时，金子的弟弟结婚，金子对丈夫说："给弟弟添上套沙发吧。"丈夫问："你舍得？这可是给你攒的项链钱。"金子说："再攒。"

攒了几千元钱,刚要去买条项链,婆婆住进医院,她交了住院费。

又过了几年,省吃俭用攒下上万元钱,金子和丈夫商量去买条项链,丈夫非常同意,说："买吧,早该买了,你看谁家女人的脖子上不挂着条项链。"

礼拜天金子去买项链,转悠了大半天,没买回来金灿灿的项链,倒是拉回来一架大钢琴。

丈夫惊讶地问："你日思夜想地买项链,怎么没买回来项链,倒是弄回来一架这玩意儿？"

金子笑笑说："培养孩子要紧。等孩子长大后,让孩子给我买项链吧。"

买了钢琴,就要请家教,再加上几百块钱的托儿费,正好相当于金子一个月辛辛苦苦挣的工资。

以后,金子几乎断了买项链的念头,因为房改要交一大笔钱,金子和丈夫只好从牙缝里往外挤。

交了房改的钱,孩子快初中毕业了,又要给孩子挣上学的钱。

孩子大学还没毕业,该是托关系走后门、请客送礼给孩子找工作的时候,自然要破费不少钱。

孩子工作后,没出几年,到了谈女朋友的年龄。

金子知道该给孩子买房子了。

等给孩子买上房子结完婚,金子已变成了一位老态龙钟的老太太。

不久,老太太又有了孙子、孙女,老太太每月一千多元钱的退休金,换回来的是童装、玩具和孩子们爱吃的零嘴。

有时,老太太目不转睛地盯着儿媳妇脖子上金灿灿的项链出神。

儿子和儿媳问："妈,你怎么了？"

这时,老太太才缓过神来,说："没、没事。"

后来,老太太病了,很重,弥留之际,金子颤抖着伸出瘦骨嶙峋的手,摸了摸儿媳垂到胸前的项链,一脸满足地走了。

乱　套

　　一幢宿舍楼上。

　　电视里正播着小品，逗得大人、孩子的笑声此起彼伏；电冰箱正发出轻微的声响，像弹奏着一支催眠曲；豪华灯具散发出五彩缤纷的光芒，像一簇盛开的鲜花，高级音响放着动听的歌曲。

　　突然，音乐停止了，灯具不亮了，冰箱不响了，电视关闭了。

　　A户，丈夫说："可能是打保险了，我出去修修！"

　　妻拽住他，说："黑灯瞎火的，危险！"

　　B户，妻子说："咦，我看看去！"

　　丈夫拦在门口："别去逞能！咱们又都互相不认识。谁知道从哪里来的些啥人。"

　　C户，儿子说："我看看哪里的问题！"

　　爸爸说："别去，有比你还着急的！"

　　D户，女儿说："怎么没人修啊！"

　　妈妈说："到时候就有人修！"

　　十分钟过去了，没人修。

　　半小时过去了，没人修。

　　一小时过去了，没人修。

　　人们都坐在黑暗中，等。

一直等到很晚也没有来。

夜里，A户的孩子发起高烧，温度计、药品说什么也找不着。

B户的水管突然爆裂，水惊天动地地往外喷，因找不找钳子、扳手，束手无策。

C户从窗子里钻进梁上君子，面对手持寒光闪闪的长刀的小偷，无法报警，也不敢反抗，小偷肆无忌惮地蹂躏盗抢。

D户的老人起来摸黑上厕所不小心被东西绊倒，不得不送去医院抢救。

E户的男人因手机充不上电关机，违反单位特殊时期必须保持二十四小时开机的要求，单位里恰恰在这夜发生重大事故，被撤销职务。

F户因黑暗中看错表，耽误了坐飞机，而她乘坐的另一班飞机，不幸失事。

……

物种宣言

动物界的一位博士生导师，站在讲台上提问学生："地球上什么动物是害虫？知道的同学请举手！"

课堂上的同学齐刷刷举起手。

导师环视一下四周说："请娃娃鱼同学回答。"

娃娃鱼说："是人。"

导师说："为什么？"

娃娃鱼回答："因为我已经没有了家，我的家被人类破坏了，好多好多的江海湖泊散发着恶臭。"

导师又说："请白天鹅同学回答。"

白天鹅站起来说："是人。"

导师又问："为什么？"

白天鹅啜泣着说："因为我早没有了家，人类不断地猎杀我们，我们没有栖息之处，只好四处流浪。"

导师说："请小白兔同学回答。"

小白兔淌着泪水说："是人。因为我也快没有家了，昔日绿草茵茵的陆地越来越沙漠化。"

导师指指小燕子说："你回答！"

小燕子呜咽着说："是人。原来天空就是我的家，我在蓝天白云阳光里自由自在地翱翔，可是现在天空成了垃圾场，乌烟滚滚，刺鼻难闻……你们看，我的衣服都被染成黑色的了。"

"请老虎同学回答。"

老虎气呼呼地说："是人。大家知道森林是我的家，可不知从哪天起，自私的人类滥采滥伐我的家。大家也知道原先我从来不吃人，还把人类当朋友，我为了报复人类破坏我的家，才开始吃人的。"

导师也擦擦眼泪动情地说："如果这样下去，总有一天地球上的人与我们将一起灭绝，地球最终将毁灭。因为地球是人类和我们共同的家园啊！不过庆幸的是人类似乎意识到这点，开始保护环境，爱护我们，同学说对不对啊？"

"对、对、对。"学生们高声喊道。

"我倒有一个建议。"导师说。

"什么建议？"学生们异口同声地问。

导师清清嗓子说："人类于1948年12月10日，在联合国大会上通过第217A（LLL）号决议，叫《世界人权宣言》，共30条，其中第1条是：人人生而自由，在尊严和权利上一律平等。这个宣言，只是对人类生存权的保护，并没有考虑其他动物的生存权，所以，他们才对自然界其他物种滥杀滥捕滥砍滥伐。既然人是物种，我们也是物种，我们应该享有与他们一样的权利，只有这样这个地球才安宁，地球上的各种物种才能和平共处，生生不息，不至于好多物种濒临灭绝！"

"那我们开始起草吧？"

导师说："好，你们说，我来记。"

"第1条：各物种生而自由，在尊严和权利上一律平等。"

"第2条：各物种有资格享有本宣言所载的一切权利和自由，不分种族、毛色、语言、宗教、政治、身份、出生等任何区别。"

"第3条：各物种享有生命、自由和人身安全。"

"第4条：任何物种不得被施以残忍的、不人道的或侮辱性的待遇，或不正当的侵害。"

"第5条：各物种有思想、良心和宗教自由的权利。"

"第6条：各物种有权享有主张和发表意见的自由。"

"第7条：各物种有直接或通过自由选择的代表参与治理本地球的权利。"

"第8条：各物种都有受教育的权利，教育应当免费，至少在初级和基本阶段应如此。"

"第9条：各物种有权要求一种社会的和地球的秩序。"

"第10条：各物种对地球负有义务，因为只有地球存在，他的生命才得以延续，他的个性才可能得到自由和充分的发展。"

……

倒霉的位置

秋天，行里来了个女大学生。人长得百里挑一，发黑黑的，眼大大的，脸白白的，唇红红的，腰细细的，腿长长的。

有几个才貌双全的小伙子为了讨她喜欢，八仙过海，各显神通。

白青云干脆弃权了。人贵有自知之明，就凭他相貌平平，才疏学浅，家境贫寒，没有一点同他们竞争的资本。

世界上有些事偏偏出人意料。

白青云的办公桌临窗放着，窗外是个小花池，小花池外是一条水泥路，水泥路两边植着四季常青的冬青。她上下班必打窗前过。

她每次从窗前过，都要慢下来。要么含情脉脉地瞥他几眼，要么冲他微微一笑，有时也颦颦眉噘噘嘴。阴天下雨还差点，天气越是好越厉害。

她长得本来就惹人注目，再来点小动作，不被人发现才怪。

和白青云一个办公室的人首先发现了这个秘密。

弄得他心里七上八下，犹豫不决，这天，本科里的小张说："你小子交上桃花运了。"小于说："她向你暗送秋波。"小王阴阳怪气地说："好汉无好妻，懒汉插花枝，你他妈艳福不浅啊！"他苦笑几声："拉倒吧，她怎么会看上我？我现在要是有钱有权还差不多。"科长说："情人眼里出西施。说不定她就看上你了，一个人一旦看中一个人，怎么看怎么顺眼，连缺点也变成了优点。你别戴着帽子搔头皮木木的，大胆点，勇敢点。"

　　白青云禁不住众人的撺掇，决定晚上约她谈谈。

　　他瞅了个她一个在办公室的空子，来到她面前说："你今晚有空吗？"

　　"有空，你要干什么？"她问。

　　"我想和你说点事。"他说。

　　"有事在这儿说吧。"

　　"不方便。"

　　"有什么不方便的，你说好啦！"

　　"你、你爱我，我更爱你。"他大胆地说。

　　"谁爱你啦，你这人是不是有点神经病？"她惊叫起来。

　　他急了，说："不是你每次走到前，对我眉来眼去的吗？"

　　"咯咯咯……我那是在窗子上照影呢？"

　　他一下子明白了，红着脸跑回办公室，把办公桌挪开了那个倒霉的位置。

致失败者的信

一

生作家：

您好！

读完您发表在《人间文学》上的小说《不幸的人》，我想再活几天。

今年高考我以两分之差名落孙山，这已是我第三次高考。我知道像我这样的苦孩子，高考落榜，也意味着被淘汰出局。这些年以来，都是母亲靠捡垃圾供我读书的。可是母亲又在最近的一次车祸中丧生。我感觉已无路可走，只有死路一条了。

您写的小说真好，主人公庄林落榜不落志百折不挠的奋斗精神令人感动，可生活中真有这样的事吗？我知道小说都是虚构的。

一个失败者：相名
最后的日子

二

朋友：

收到你的来信，我非常担心。

你绝不应该走那条路，真若那样，你起码对不住你含辛茹苦望子成龙已故的母亲。有的人把不幸套在脖子上，成了不幸的牺牲品；有的人将不幸踩在脚下，成了不幸的幸运者。远的咱不说，近的你想想2008年北京残奥会上的那些人,他们哪一个不是残疾人?他们却创造了一个又一个奇迹!难道你忘了失败是成功之母吗?难道你忘了天生我材必有用吗?

那篇小说是一个真实的故事,就是写的我自己。条条大路通罗马,只要你努力!

热爱生活吧,活着是美好的!

盼你复信。

生云舒
美好的日子

三

生作家:

您好!

读了您的信,我感到很惭愧。不该自暴自弃,逃避生活。我已打消死的念头,好好活下去。

我打算向你学习,拿起笔,刻苦学习,勤奋创作,当一名作家。我会成功吗?我真怕失败。

谢谢你救了我!

相名
新的一天

四

朋友:

读完你的来信,我为你感到高兴。你不但珍惜生命,并且想做一个有志之士,很好。你会成功的,当然,成功的花朵需要用辛勤的汗水去浇灌。

记住吧,每个人可能无法始终掌握自己的命运,但却能掌握自己对命运的态度;能掌握自己对命运态度的人,又或多或少地掌握自己的命运,关键看什么样的态度。只要一个人厚德载物自强不息,这事不成,那事成。所以,每一个人通过努力,都可以成为一个成功的人!普鲁斯特说:"人们敲遍所有的门,一无所获。唯一那扇通向目标的门,人们找了一百年也没有找到,却在不经意中碰上了,于是它就自动开启……"

努力吧,只要耕耘就有收获!

生云舒
成功的一天

五

从此,他们之间经常通信。相名把生作家的每一封来信,都好好保存着。几年下来,竟有近百封。每当遇到挫折,他就会把那些信拿出来看一看。他感觉那是生命的支柱。

几年过去,相名因一部作品一举成名。一夜之间他成为家喻户晓的作家。鲜花、掌声簇拥着他。

但他没有忘记给他信心和勇气的生云舒作家。他决心前去拜访。

深秋的一天,他悄悄启程。坐了两天两夜的火车,又坐了一天的汽车,终于到达那座依山傍水、群山环绕的县城。

县城不大,他很快就找到日思夜想的生作家的家。

他按响门铃,开门的是一位白发苍苍的老人。

他笑着问:"这是生老师家吗?"

老人端详一会儿,问:"你是?"

他说:"我是相名。"

老人一听,笑了,说:"快请进,快请进。"

没等坐稳,他就问:"您就是生老师吧?"

老人说:"我不是。"

他问:"生老师呢?"

老人说:"患癌症早就去世了。"

他吃惊地问:"什么时候?"

老人说:"收到你第一封信的前几天,其实,所有的信都是我替他写给你的。"

你是一条船

趴在爸爸背上的儿子,随着爸爸的脚步一摇一晃,爸爸宽宽的脊背像是一条船,载着儿子朝家的方向行驶。

儿子忽然问道:"爸爸,我长大以后做什么?"

爸爸稍稍沉默一会儿说:"长大以后上学。"

儿子问:"上什么学?"

爸爸说:"上小学;上完小学,上初中;上完初中,上高中;上完高中,上大学。"

儿子问:"上完学以后呢?"

爸爸说:"找工作。"

儿子问:"找工作以后呢?"

爸爸说:"找媳妇。"

儿子问:"找媳妇以后呢?"

爸爸说:"生孩子。"

儿子问:"再以后呢?"

爸爸说:"再以后,你就成了爸爸,天天背着你的孩子。"

儿子问:"再以后呢?"

爸爸说:"你就成了爷爷,天天接孩子上学,天天接孩子放学。"

儿子问:"再以后呢?"

这时，爸爸伸伸脖子，扬头望望天空说："再以后就变成天上的星星。"

儿子昂起头，转着脖子看了一圈天空说："爸爸，天空像是蔚蓝色的大海，那些亮晶晶的星星像是一条条小船，小船上是不是也坐着小孩？"

爸爸笑笑说："对对对。"

火　候

　　我和青山是老乡，一个乡，不一个村。青山没参军前，在家卖烧鸡，祖传的，在当地很有名气。他入伍的动机，是嫌做一辈子烧鸡太没出息，不如出去闯荡闯荡，开开眼界，长长见识，不都说好男儿志在四方吗？再说他从小就向往头戴大盖帽，一身戎装，腰别小手枪，领兵打仗的人。万一他也混个团长、营长干干呢？

　　青山体检合格，拿到入伍通知书时，那个激动劲就别提了，比金榜题名还激动。

　　坐了三天三夜的火车，又坐了一天一夜的汽车，到达部队，青山的理想就破灭了。想不到是工程兵，在深山老林打坑道，听说是盛导弹用。

　　入伍后的第三个年头，军队培养军地两用人才，调查谁有特长。有的填司机，有的填木匠，有的填缝纫，青山填的是会做烧鸡。

　　想不到青山的特长引起连里的重视，让他做几只看看。青山爽快地答应了，对他来说还不是小菜一碟。青山乘军车去山外买回大包小包的佐料，去附近的小山村购回活鸡，自己亲自杀。别人杀不了，杀鸡很有讲究，拔干净毛后，不能开膛，必须从尾部开个小孔，把肠子、嗉子抠干净，然后再把鸡翅、鸡腿、鸡脖、鸡头盘得能伏住。光那个盘法，我学了两个礼拜还不行。我负责给他烧火。别人烧火还不放心，烧鸡重要是火候，火该大时小了不行，火该小时大了不行。

烧鸡做得很成功，鸡皮脆黄明亮，令人馋涎欲滴，撕块鸡肉，白嫩柔软，香味扑鼻。消息风一样刮开了。

有的连队把青山请去做烧鸡，有的连队干部借口参观学习来品尝，有的连队派人来买。

青山一夜之间从一个吊儿郎当调皮捣蛋的人物，红得发紫。

一天，指导员把青山叫到连部对他说，基地司令员后天来咱连视察，你一定要拿出最好的手艺，做出最好最好的烧鸡，这关系到你个人的命运前途，还牵扯到好多人……

有小道消息说，司令员若吃着好吃，会带着青山去司令部，转志愿兵，提干很容易。

刹那间，青山的天空由黯淡无光乌云密布，变成云开雾散万里无云阳光灿烂。

青山卖命地干，两天两夜没合眼，我也陪着，得烧火。

那天，司令员来了，我是第一次看见司令员，格外地高大威武，昂首挺胸，声若洪钟。

部队里越是大人物到连队越不搞特殊化，就在连队的餐厅和战士们一块儿吃饭。既然是一块儿吃饭，就不能司令员的桌子上有烧鸡，别的饭桌上没有。

但是烧鸡不可能一般大，有大的，有小的，炊事班长就挑了两只最大的，放在了司令员的那张饭桌上。其他饭桌上就相对的小。按说这也是人之常情，总不能挑最小的给司令员吃。

我和青山还有几个老乡拿了一只不大不小的烧鸡，还去军人服务社买了瓶酒，到班里去庆贺庆贺。

青山先撕下一条鸡腿给我说："给，你辛苦了。"

我狠狠咬一口，咽下去说："万一高升了，可别忘了我，别忘了给你当过火头军。"

"忘不了，忘不了。"青山笑着说。

正在这时，传来汽车发动声，然后是汽车远去的声音。

· 081 ·

过了一会儿，指导员、连长阴着脸破门而入："你是怎么搞的，宋青山！"

连长吼道。

青山说："怎么啦？"

"你自己去餐厅看看！"指导员脸都黄了。

我和青山跑去一看，傻眼了，其他饭桌上的烧鸡都很好，唯独司令员饭桌上的烧鸡血淋淋的，别说吃，见了就想吐。

不用问，同样的火，小的熟了，大的没熟。

青山当了三年兵，复员了，没有入党，没有立功，怎么来的，怎么走的。走的那天，青山哭得像个泪人一样，还一个劲说："我的命不好，我的命不好！"我留下了，想转志愿兵，没想到第四年，我荣立一等功，破格提干。

一直当到营长。

今年我转业，到单位报到没几月，单位倒闭，我只能回家。

光在家闲着不行，我四处找工作。跑了不少地方才知道，别说我这么大年纪的人了，就是刚毕业的大学生，找不到工作的也大有人在。

那天，我正在街上闷闷不乐地走着，一辆豪华轿车迎面停住，我正要往旁边躲，一个人从车上下来，叫我："老马！"

我停住一看，感觉挺面熟，但忘了在哪里见过。

"你认不出我啦？我是青山！"

青山拉着我去了一家豪华饭店，我们边喝边谈，才知道青山已是烧鸡店的大老板，还开了好几家酒店。

喝至半醉，我说："要是那次烧鸡不砸锅的话，你现在起码也是营长了，比我强！"

他笑笑说："老马啊，你不想想，我做了那么多烧鸡，还掌握不住火候吗？"

我立刻愣住了，端酒杯的手僵在半空。

螳螂捕蝉

他算看准了，凡是年三十晚上屋里灯不亮的，家里肯定没人。都回家过年了，又有连绵不断震耳欲聋的鞭炮声和热热闹闹的春节联欢晚会作掩护，还不爱怎么偷就怎么偷。

他确信这次行动也一定会像往年那样万无一失。他潜伏在黑暗中观察好久了，这幢宿舍楼二单元三楼两户人家都灭着灯，前后阳台吊满了大包小包，最佳楼层，绝对是有权有势的主。要偷就偷这样的，准肥！

他从从容容走进这幢楼，蹑手蹑脚爬进去，掏出万能钥匙插进东户防盗门的锁孔，大大方方，不慌不忙，像开自己家的门。转了一圈，又转了一圈，门开了。当他拔出钥匙，插进房门的锁孔时，身后突然有人说话：

"真是来得早不如来得巧。"

他扭头一看，吓傻了，一个五大三粗、大腹便便的中年男人，堵在楼梯口，封住他的退路。

"屋里确实没人，可我父母家离这儿很近，我走时忘了带点东西，回来取，没想到会碰上你，看来你运气不好。"

他掂量着不是中年男人的对手，旋即装出可怜巴巴的样子央求："我上有瘫痪的老父，下有残疾的孩子，实在是逼上梁山。你高抬贵手，我今后一定金盆洗手，悬崖勒马。"

中年男人似乎被他的话打动了，点上烟，吸一口徐徐喷出：

"你保证今后洗手不干了？"

他揩揩伪装出来的泪水："绝对保证。"

"那好，把你的万能钥匙留下，走吧。"

他有点舍不得，说"不留不行吗？"

"看来你是贼心不死。算啦，屋里有电话，要不要拨110？"

他急忙连连摆手："别、别，钥匙留下。我走！"

正在这时，楼梯转弯处的平台上，炸响一个女人尖利的喊声："快抓贼啊！"

那女人一边喊一边往楼下跑。

他拼命逃跑。

没想到那个中年男人也拼命逃跑。

跑出楼洞后，一个往东，一个往西，一眨眼便消失在浓浓的夜色中。

这时那个女人从一个阴暗的角落里走出来，迅速钻进单元，往楼上爬去……

滋　味

他大学毕业，又仪表堂堂，身边漂亮的女孩有的是。

可我要让你失望了，因为他确实没弄出"才子佳人"的故事来，真那样的话，就理顺成章了，我也不必在这儿饶舌了。

他竟娶了一个又丑又没文化更谈不上有气质的女孩为妻。当然，那女孩的老爷子是位大领导。

我不说你猜得出下文。

对了，他很快就提拔为一个重要部门的科长。

我心里很不是滋味，因为我俩是同一天分到这单位的。现在可好了，人家头上有了乌纱帽，咱头上秃秃的；人家上下班小轿车接送，咱风里雨里一辆自行车……

自从他当了官，他好几次请我上他家去玩，我只去过一次，算是给他个面子，咱人穷志不短，人不能有傲气，但不能没有傲骨。凭良心说，他没忘了我，可我早已忘记他了。我为有这种朋友而感到耻辱。

他家里没有什么变化，甚至有点寒酸，其实谁心里都明白，故意哭穷，好让人家以为他清正廉洁。其实，听说他还特别贪，送礼的来者不拒。

在人们的眼里，他就是一个不择手段、削尖脑袋往上爬的人，简直是一个政治动物。尽管他事业有成，但没有人从心里拿他当人看。

一个礼拜天，我正在家里干家务，他敲开我家的门，说："走，出去玩玩。"

我没好气地说："没空，不去！"

他说："走。"

我被他连推带搡地拉到楼下，又被塞进他的专车，一溜烟似的跑了。

路上，我问："到哪里去？"

他说："去我家看看。那里的景色太美了，简直是世外桃源。"

汽车跑了足足一天才到乡政府，再往前走只有靠爬山了，一条鞋带似的山路伸向山里，连接着外面的世界。他老家的那个小山村几乎与世隔绝，根本没有现代文明的痕迹，景色确实够美的，却非常落后。他家的房子破烂不堪，家里没有一件像样的家具，炕上躺着瘫痪的老娘。

听说他回来了，左邻右舍都来串门，令我大吃一惊的是，在他的家乡，他竟然是个了不起的人。

这个对我说："大力可有好心眼啦，他几个弟弟上学、盖房、结婚全亏了他，他是天下最好的当哥的。"

那个对我说："大力真是天底下第一大孝子。他对他娘那就没法说了，吃的、喝的、穿的、用的，全指望大力。这不，他娘常年打针、吃药，花多少钱哪，全指望大力……"

我心里沉甸甸的，说不出是什么滋味，像有一块沉甸甸的石头压在胸口。

"魔力"皮鞋

一家生产皮鞋的公司,在国内外公开发行的报刊上,使用不同文字刊登了一则《免费赠送"魔力"皮鞋》的广告:

为答谢多年来社会各界人士对本公司的大力支持,为提高本公司的知名度,为扩大本公司在市场上的占有份额,本公司决定面向全人类免费赠送一百万双"魔力"牌皮鞋。这种鞋是本公司刚刚研制出的举世无双的新产品,具有以下几种功能:

1. 能增高、减肥、美容。
2. 能治脚气、汗脚、关节炎。
3. 能强身健体,消除疲劳。
4. 能开发智力,增强记忆。
5. 能消灾解难,保佑平安。
6. 能治痔疮、疝气、肛瘘等难言之疾病。
7. 能治梅毒、阴道炎、艾滋病……

本公司按接收到信函先后顺序(以当地邮戳日期为准),通过邮局邮寄,赠完为止。

名额有限,欲赠从速,每信必复。

赠送办法,您只需去当地邮电局(所)汇上十元钱的邮资手续包装费,即可获得一双"魔力"牌皮鞋。

注意：请把汇款收据、您的详细地址、邮政编码、姓名，用挂号信寄来。

收款人地址：商业国金钱市策划大街创意楼577号邮政编码：747474

收款人：吴小姐

一石激起千层浪，"魔力"牌皮鞋无人不知无人不晓名扬天下。数以百万的人涌向邮电大楼……

然后等啊盼啊……都想得到一双"魔力"牌皮鞋。

总算盼来了，却是一封信，信中写道：

感谢您参与本公司举办的这次全球免费赠鞋活动。无奈鞋少人多，当收到您的信函时，一百万双"魔力"皮鞋已赠送完毕，非常抱歉，非常遗憾。不过不要紧，考虑到您要鞋的迫切心情，考虑到您对本公司的支持和帮助，考虑到这种皮鞋供不应求在市场上难以买到，本公司经研究决定以特别优惠价供应您一双"魔力"牌皮鞋，请汇款二百元（市场建议价一千元）本公司即可把"魔力"牌皮鞋寄给您……

数以千万的人，又涌向邮电大楼……

局内人

至于4通过哪条途径来的A局，无从考证，也无关紧要。

几年过去了，4觉得自己怀才不遇，英雄无用武之地。4的工作无非就是整天忙着用电话下通知，再就是往每一个办公室发文件。4感觉自己还有好多潜力没挖掘出来，还有好多水平没法施展。4常叹谓自古千里马常有而伯乐不常有，有时见别人又受到提拔，不禁暗暗痛骂单位的领导们有眼无珠。

骂没有用，关键是总结一下同样都是人，为什么有人能当上官，有人就当不上官。只有当上官才有大显身手的机会。4总结了一阵子，发现这么一条规律，只要是善于拍马溜须的没有当不上官的。换句话说衡量一个人能不能当上官的唯一标准就是看这个人巴结领导的能力，而不是别的能力。

巴结谁呢？头顶上大大小小的领导一大堆。这事又不能挨个去咨询，只能自己拿主意。思来想去，4觉得还是巴结科长比较合适，一来县官不如现管，自己是科长手下的一个兵；二来4的一位好友就是因为和他的科长很铁，才被科长推荐上去当了官。

4一心一意地巴结科长。科长也并不难处，请客，科长到，送礼，科长收，休闲，科长去。4暗暗得意，快了，快了，科长快把我也推荐上去了。一年过去了，4是个兵；两年过去了，4是个兵；三年过去了，4还是个兵。4都快急出病来了。4就打听这究竟是为什么,原来此科长非彼科长,自己这位科长是局长的死敌。4气得几天几夜没吃好没喝好。4一个劲怪自己有眼无珠。

4遭受了一次打击。

4改弦易辙,开始巴结一位副局长。因为他的一位朋友就是投靠了一位副局长,后来这位副局长转正,他也就跟着出人头地。

4就跟在副局长屁股后面鞍前马后地跑,他梦想着自己飞黄腾达的那一天。转眼几年过去了,这位副局长易地做官去了,他的梦想也破灭了。

4遭受了第二次打击。

这时候,有人点拨他,现在都是一把手说了算,巴结别人没有用。4一想,对呀,决策权在一把手手里,别人只不过是推荐推荐,自己绕那么大个圈子效果还不一定好。

这时,正好从外地调来一位正局长。4千方百计巴结局长,局长也不那么好巴结的,全局的人都在八仙过海各显神通,弄得4整天神经紊乱。又是几年过去了,4还是无法实现自己的理想,仍是一个小职员。原来A局大小事副局长说了算,正局长是外地人,对当地的情况不了解,必须依靠这位副局长。而4又对副局长不感兴趣。等局长熟悉了情况,也任期届满了。

4遭受了第三次打击。

4算看透了,巴结就巴结说了算的,不在官大官小。

4又瞄准一位说了算的公认的大有前途的代理局长。不料这位副局长是个"气管炎",有的人曲线救国,投其所好巴结局长夫人,而4却一个劲地专攻代局长。当然没有4的好果子吃。

4遭受第四次打击。

就在4灰心丧气的时候,代理局长因政绩突出,调往另一个市工作,从本土提起一个人当局长,并且4和这个局长关系一直就不错。4当然不会错过这千载难逢的机会,真是山重水复疑无路,柳暗花明又一村。4使出浑身解数去巴结局长,功夫不负有心人,局长终于答应有机会提拔4。

4高兴得几天几夜没合眼。不料等来等去，几年过去了，就是没有变为现实。直到局长犯错误被撤职，4才如梦方醒，局长真的想重用过4，可都让局长的情人从中作梗给破坏了。

4受了第五次打击。

4也就到了退休的年龄，4黯然神伤地离开了工作岗位，回家不久生了大病，医治无效离开了人世。据说在4临死时，忽然跑进一个人大声说："你高升了！"4突然睁开眼猛地一下子坐起来，却原来是另一个人给他同一个病房的病人报喜。4直挺挺倒下去一副痛苦像，别人问他还有什么事，他却紧紧地闭着眼睛一语不发，只有泪水顺着眼角无声地往外淌……

必修课

这幢宿舍楼盖起来的时候，风气还算好。不论是局长还是布衣，一律按工龄分房。

这样他那当了一辈子工人的老父，与当了一辈子官的局长，住了对门。他家住东房，局长家住西户。

房子三室一厅，楼层又好，是不错，可他却没半点高兴。

住平房时，他总是离上班半小时起床。搬上楼后不行了，每天早晨，他还蒙头大睡，就被老父叫醒（有时还得掀被窝），打扫楼梯，先扫后拖。一年三百六十五天，成了必修课，好像楼梯是他家专用的。局长家六口人，从来不管。就算局长和局长太太年事已高，不干算了，他没意见，可局长家还有几位千金，个个花枝招展，好像她们生就的小姐命。

他几次向老父提出强烈抗议，都被老父否决了，理由是局长年纪大了，又没有男孩子。他嘴上不说，心里明白得很，拉倒吧，分明是以此为借口巴结局长。他真想罢工示威，可一看到老父花白的头发、弯了的腰，心又发软。

这还不算，更让他看不起老父的是，老父不但见了局长溜须拍马阿谀奉承，连见了局长夫人和局长的孩子们都满脸堆笑点头哈腰。每次老父回老家，都要捎回最好的土特产，如香油、核桃、红豆……可是，家里人却连尝也别想尝，全让老父晚上送到局长家去了。

他很鄙夷老父。鄙夷老父，也是老父一手造成的，他小时候最爱听故事，老父最爱讲故事。他是听着岳飞、包公、文天祥、陶渊明……的故事长大的。老父还经常教育他们，人不能有傲气但不能没有傲骨。他算看透了，老父是说一套做一套。

终于有一天，他忍无可忍地说："爸爸，我看不起你！"

老父说："噢，你为啥看不起我？"

他说："我一看到你变着法地巴结局长，就替你感到悲哀。"

老父叹口说："谁说不是呢？可是，孩子你知道吗？你妈妈干临时工的活是局长给解决的；你哥哥当兵回来安置工作是局长给办的；你姐姐的病能治好，花那么多钱，是局长倡议全局捐款捐的；还有你马上初中毕业了，学习又不好，得想法上高中啊……"

月光下，他看见高高大大的老父，说着说着竟然淌下两行亮晶晶的清泪。

他就是在那一夜长大的。

后来，局长离休，从一局之长沦为一介草民，人们的脸由热变冷。昔日门庭若市今日门可罗雀。

老父不再强迫让他打扫楼梯了，而是亲自干。

再后来，局长瘫痪在床。

每周六回家看望老父，偶尔碰见老父亲打扫楼梯，他总是赶紧接过老父手中的笤帚、拖把，湿着眼睛，干起来……

嘲 笑

我到那个地方的第二天，正在大院里转悠，听见一个喊："假正经，报纸来了没有？"那人正从大门口的传达室走出来，声音不大不小地说："还没来，着什么急嘛！"

我差点没笑出声来。心想，怎么还有叫这名的。

后来才知道，那个人根本不叫假正经，真名叫贾正富。因为他不苟言笑，有空便钻进宿舍里画画，人们便给他取了个"假正经"的绰号。

业余时间，同事们有打扑克的，有下象棋的，有打球的，有吹牛的……都没有受到嘲笑，画画的贾正富却受到嘲笑。

很少有人理睬贾正富。

贾正富也很少理睬别人。

不过，有时也有人凑过去主动与贾正富搭讪："哟，你画得越来越好啦！"这种情况只有在贾正富描摹裸体画时才出现。与贾正富说话是假，眼睛直勾勾盯看光屁股的女人是真，看够了，就跑去告诉别人："快去看啊，假正经又在画流氓画啦！"

贾正富工作干得不比别人差，却从来没有得过先进、标兵之类的荣誉，还曾被戴上不务正业的帽子。其实，他画画都是利用业余时间。听说，贾正富的父母也经常骂他，骂他没有本事，骂他三十的人了，连个媳妇也找不上。

有一年，单位里选一名宣传干事，这可是份美差。够条件的有两个人，一个是贾正富，一个是沙思。最后落选的是贾正富。理由是贾正富太死板，不灵活。

没有人不替贾正富感到惋惜的。

贾正富照画。

谁也没想到，贾正富的画在全国获了大奖，省里调他去画画。

同事们都流露出惊讶、羡慕的目光。他一点也不激动，仍是那么平静。

临走时，他说："成功了就叫执著追求，失败了就叫执迷不悟。如果没有成功的一天我会遭人嘲笑一辈子。人各有志，即使一辈子不成功，我也无怨无悔。"

他走了。

我陷入深深的思考。我觉得这么多年来，最应该受到嘲笑的，不是贾正富，而是我和同事们。

我下决心不能再那么活了，工作之外，我也应该做一件事情，不管是成功还是失败。

不出所料，我开始受到别人的嘲笑……

窗 内

办公室的窗子很大,窗内摆着两张办公桌,东面坐着一个纯情女孩,西面坐着一个中年男人。窗前挂着太阳、月亮和星星。

一天,女孩问男人:"你说找对象找有钱的好,还是没钱的好?"

男人说:"还用问吗,当然是找有钱的。"

女孩说:"不对。"

男人说:"为什么?"

女孩说:"书上说男人有钱就变坏。"

男人说:"还要看什么人,像我钱再多也不会坏。"

女孩说:"天下的男人就数你好!"

男人说:"我一个离婚的男人有什么好?"

女孩说:"更成熟,更深沉。"

男人说:"别那么说。"

女孩说:"如果一个女孩很崇拜、很欣赏一个男的,该怎么办?"

男人说:"如果那个男的不喜欢那个女孩呢?"

女孩说:"如果那个女孩不在乎呢?"

男人说:"结局将以悲剧告终。"

女孩说:"悲剧就悲剧。"

男人说:"你呀,你呀……"

女孩说:"我要和你结婚!"

男人说:"不可以。"

女孩说:"为什么?"

男人说:"为你好。"

女孩说:"我不要。"

男人说:"那你不怕吃亏吗?"

女孩说:"我愿意。"

男人说:"那会害了你。"

女孩说:"我不在乎。"

男人说:"你的家人会百般阻挠。"

女孩说:"我不怕。"

男人说:"人言可畏。"

女孩说:"我不管。"

男人叹口气。

说:"其实我比你爱我更爱你!"

女孩说:"真的?"

男人点点头。

女孩说:"你同意结婚啦?"

男人说:"不!"

女孩问:"为什么?"

男人说:"婚姻是爱情的坟墓。"

女孩说:"不,不是。"

男人说:"我是过来的人了。我从前的妻子和你一样美丽、善良和浪漫。没有结婚前,我们情投意合,海誓山盟,充满幻想……"

男人说着,女孩淌着晶莹的泪花。

男人讲完那悲惨的故事后。

说:"我不愿自己是一盘磁带,让你听够了就不想再听,也不愿你成为我的一支歌,让我唱够了就不想再唱。曾经沧海难为水,这样不是很好吗？两情若是长久时，又岂在朝朝暮暮厮守？"

女孩悲痛欲绝。

男人终于松了口气，他确实喜欢她，但却不敢爱她，她爸爸是掌握他命运的顶头上司。

据他所知，她爸爸一直想把她嫁给他的顶头上司的儿子……

远　方

旺旺和爹出村的时候树梢一动不动。爹的脖梗上勒着一条襻，两只粗壮的大手攥着车把，身体向前拱，身后就冒出一条蜿蜒的线和两行硕大的脚印。"爹，上哪里卖地瓜？"小推车中间凸起，车脊上盖着一层麦秸。

"井下。"小推车一边捆着一个大条筐。

"远不？"麦秸上铺着一条麻袋。

"远。"条筐里装着满得冒尖的地瓜。

"啥时候到？"麻袋上趴着旺旺。

"傍晚晌午。"地瓜上的那层薄片还完好无损。

"为啥跑那么远？"旺旺和爹脸对着脸，两手托着下巴，后面的两条小腿抬着。

"那里的地瓜一斤贵一厘。"爹冲旺旺笑笑。

"爹，风好像大了，你试出来没有？"旺旺坐起来，像骑马似的。

"早试出来了。"

"还是呛风。"

"不要紧。"

"爹，卖了地瓜，你该买副手套，还该买双鞋，也该买条裤子，你看都烂的呀！"

"傻孩子，卖不了那么多钱。"

"那你就买一件。"

"一件也不买。"

"那你卖了地瓜干什么?"

"冬天快来了,给你和你弟弟买顶棉帽子,你不说学校马上学珠算,给你买个算盘,你奶奶的病今年犯得挺厉害,买点细粮。"

"那你明年卖了买。"

"明年还有明年的事。"

"你后年卖了地瓜买。"

"后年还有后年的事。"

"那你什么时候买?"

"爹什么时候也买不起,盼着你们大了给我买。"

"好,买最好的。"

"……"

"爹,你怎么哭了?"

"风大,迷了眼。"

"爹,我下来走吧,你会轻些。"

"不用,爹有劲。"

"不,我下来。"

"快趴下,坐着招风,推不动。"

"我下来,给你拉车子。"

"别,爹能拉动。"

"你看你脸上的汗,都像洗脸一样。"

"爹教你的诗呢?你背背,爹听听就凉快些。"

"背哪首。"

"你随便背。"

"离离原上草,一岁一枯荣……"

"再背一首。"

"锄禾日当午,汗滴禾下土……"

旺旺一边背诗，一边盯着爹的身后，爹的身躯真宽大，大得快把整条大道占满。透过爹的臂下，旺旺看见黄土地上一层薄薄的沙土，在太阳的照耀下金灿灿的，爹硕大的脚印，深深地刻在上面，那么清晰，那么明亮。那行错落有致弯弯曲曲的脚印，像一艘乘风破浪的船，紧紧跟在爹的身后。旺旺想那船上载着爷爷、奶奶、娘、姐姐、哥哥、弟弟、妹妹……

你为什么不抛弃我

你理想中的女朋友,应该是美丽大方浪漫多情,就像电影电视中的女明星一样。谁让你是读着琼瑶阿姨的小说长大的呢?谁让你长得还算英俊和多才多艺呢?谁让你还有一个不错的家庭和一份不赖的工作呢?

可理想总归是理想,有时候理想与现实相差十万八千里,现实中的女友却是既不美丽也不大方,既不浪漫也不多情。难怪定亲时,你经常哼的一首歌是:昨日的朋友悄悄地离去,就这样无声无息离开你,夏日风已吹远昨日醉心的恋情……

也许在别人眼里,已经是不错的了,这地方有一个国家特大型化工企业,男女比例严重失调,男的找对象难是不争的事实,有的小伙子都三十了还找不着对象。

形式上你们是伴侣,法律上你们是夫妻,可在你内心深处从来没有她的位置,更谈不上有共同语言。其实你一刻也没放弃寻找梦中的情人,一旦找到你就离婚。

她在家里很能干,家务活基本不用你动手,把饭菜端到你的面前,把衣服给你洗得干干净净。尽管这样,你还是动不动就发火,她从不与你争吵,逆来顺受,忍气吞声。她的工作单位也不好,又苦又累还挣钱不多,但她总是默默无闻任劳任怨地工作。

在她怀孕期间,你的梦中情人出现了。你狂热地喜欢上了她,这时候你经常哼的一支歌是：我一见你就笑，你那翩翩身影太美妙，和你在一起，永远没烦恼……

你怎么会不喜欢她呢？你看她水汪汪的大眼睛像甘醇飘香的美酒，白里透红的脸蛋像熟了的红苹果，瀑布般的长发飞流直下三千尺，魔鬼般的身段令人百看不厌，并且会化妆、会打扮，整天光彩照人花枝招展。

一天夜里，你翻来覆去睡不着，终于鼓起勇气说："我们离婚吧？"

你猜不出她会怎么反应。

不料，她淡淡地说："你想离就离吧。"

这回倒是你沉默了，不知为什么，你竟多了一份犹豫多了一份牵挂。

后来你了解到，那是个以貌行骗的女孩子，骗得不少人人财两空，名声很不好，你不禁倒吸几口冷气，悄悄撤退。

后来，妻下岗。你整日愁眉苦脸唉声叹气，可妻却不声不响在路边摆地摊，把辛辛苦苦挣来的钱，如数交到你手里。

这时候，你的生活里又出现一个女孩，漂亮年轻，单位也好，非常喜欢你。一天夜里，你拥抱着她，激情似火。女孩说："只要你愿意，你想怎么就怎么吧，但是你必须离婚，与我结婚。"你左想右想，最终还是克制住了自己。

几年后，妻的单位重组，妻又回单位上班，并且效益还不错。这时你却身患重病瘫痪在床，妻请假日日夜夜陪伴你，端屎端尿，洗衣做饭……

有一天，你说："我们离婚吧，我跟一个废人差不多，我不愿拖累你。"

妻什么也没说，仍然精心伺候你。

一天你的眼泪再也忍不住，夺眶而出，哽咽着说："这么多年来，我从来没给你买件首饰，从来没给你买件好衣服，从来没问句冷暖的话，你为什么不抛弃我？"

妻说："我知道我没有好的容貌，没有好的经济条件，只有一颗好心。在找你之前，我谈过好几个对象，一见面我就对人家说，我什么都没有，就有一颗好心，可人家扭头就走。虽然我不称你的心不如你的意，可你始终不变心，这时候我怎么能变心呢？"

你说："是啊，我有时在想，夫妻到底是什么？是老了走不动路了，有个人搀扶着你；是病了爬不动了，有个人给你端杯水拿片药；是孩子们都各自过日子了，有个人陪你说说话唠唠嗑……

村　殇

当故乡那熟悉的身影扑进眼帘时，小刚的脚步更快了。也就在这时，小刚看到远处有两个人围着一棵大树追逐。开始没注意，以为那两人闹着玩，越往前走越觉得不对劲，原来是一个男人正在抓一个女人。小刚连犹豫也没犹豫，飞似的跑过去，说："光天化日之下调戏妇女，岂有此理。"小刚认得那男人是本村的胡虎。胡虎一边骂他狗拿耗子，一边动手，女人趁机逃走。小刚初生牛犊不怕虎，加上胡虎不知在哪里喝得站不稳，被小刚打翻在地。

吃着晚饭，小刚把他见义勇为的壮举绘声绘色地说出来。他父母一听，大惊失色，说："你整年在外上学不了解情况，胡虎是村里的一霸，吃喝嫖赌，无恶不作，与邻村的几个坏人勾结成伙，横行霸道。你吃完饭快出去躲躲。"

晚上，胡虎果然领着人闯进来，找小刚报仇。没找着人，锅碗瓢盆，一砸而光。临走时还说："老子非治着他赔礼道歉不可。"

小刚回家后，他父母说："你看你闯的祸。"

小刚说："明天我也找几个人还回来。"

他父母说："你找上人打他，他找上人打你，啥时候是个头？俗话说好鞋不踩臭狗屎，你找他去认个错算啦。"

小刚想想说："不行。"

第二天，小刚到村长那里告状。村长听完说："太不像话，不过你放心，村里不会不管。"

小刚心里很痛快，心想，有办法治你。

不料，小刚才到家，胡虎找上门，把他一顿痛打。

小刚一瘸一拐又去找村长。村长说："那你就去给他道个歉，好汉不吃眼前亏。"

小刚问："为什么？"

村长说："你又不是不知道他是啥人，别去和他一般见识。"

小刚失望地从村长那里出来，便往乡里写信告胡虎。几日后，村长打发人把小刚叫去，大发雷霆："一点小事，你往上写哪门子人民来信，人家都是大事化小，小事化了，你可倒好，非把小事搞大不可！"

小刚回到家左思右想，觉得不可思议，自己见义勇为有什么错？于是，再往县里写信，却一直没有回音。

小刚决心为民除害，为自己伸冤，去了派出所。派出所来了两个民警把胡虎带走了。村民都说这回可除去一害。受欺负的更是扬眉吐气。可是，派出所来了解情况时，找谁谁也支支吾吾，都怕胡虎判不了死刑，回来算账。胡虎很快被放了回来，回来后变本加厉，飞扬跋扈，口出狂言："告到哪里，老子也不怕！"

小刚的亲朋好友都来劝：

"大丈夫能屈伸才行。"

"小不忍则乱大谋。"

"委曲求全。"

生死搏斗

一个骄阳似火的中午，烤得人们不敢露头，怕一出门就晒化似的。富丽堂皇的银行里空荡荡的。

进来一个顾客，不过他既不存钱也不取钱，而是从身后拖出一支双管猎枪支在柜台上，黑洞洞的枪口瞄准柜台里面一个男人的脑门，另外两个年轻的姑娘吓得束手无策，呆若木鸡。

"你不怕有人进来吗？"男人问。

"据我几天的观察，十二点半至一点没人来办业务。"他狞笑着。

一个姑娘稍稍动了一下。

"别开报警器，别打电话，否则别怪我不客气。"他厉声喝道。

"你要干什么？"男人问。

"要钱，不拿钱就要你的命！"

"你知道你这样做的后果吗？"

"少废话，少啰唆，我数到10，不拿钱就开枪。"

"我们有电视监控，已把你录下来了。"

"我不怕，大不了一死。"

"你拿死亡不当回事，难道你不替别人着想吗？你知道一个人的生命有多少人牵挂着吗？"

"我不管那么多，我要抢钱，逃出去花天酒地享受一番，死也值。"

"你不能不选择死吗？难道灿烂的阳光、皎洁的月光唤不起你一点活着的欲望？难道青青的山、绿绿的水、蓝蓝的天、细细的雨、柔柔的风……不值得你一丝留恋？你可曾知道父母养育一个孩子的艰辛吗？从十月怀胎，到咿呀学语、蹒跚学步……"

"我是个孤儿，懂吗？"他说。

"那你是怎么长大的？"

"靠乞讨，我在人间受够了苦，我讨厌这个肮脏、邪恶、残酷的世界。我要报复、报复！"他穷凶恶极地吼道。

"你还记得那些施舍食物给你的人们吗？他们的一粥一饭都是用血汗换来的，可是他们为了能让你活着，奉献了善心和爱心，难道这个世界还不值得你要吗？假如他们想到你长大后是这样，他们给狗吃也不会给你吃的！"

"你给不给钱？给钱就保住一条命，不给钱你就没命了。钱是国家的，而命可是自己的，并且生命只有一次，这你知道，你不说活着多么多么好吗？那你拿钱吧！"他说。

"钱给你，那等于把你推向断头台，因为纵然你跑到天涯海角也难逃法网。"

"我现在只想问你个问题，如果有道理，我就活下去！"

"你问好啦。"

"活着的意义。"

"只要活着就是一种奉献，对你、对我、对社会，尤其是现在，一个人活着并不是只为自己，每个人都活得很苦，很难，很累！"

"活着吧！"一个姑娘说。

"活着吧！"另一个姑娘说。

他扔下枪，哭着跑了……

决定命运的时刻

又红又圆的太阳像搁在地上的火球，在遥远的西边天际熊熊燃烧。映红了天，映红了地，映红了路，映红了拾草回村的赵全和阎亮。村子还远得很，看不见边。

"你不该不上学啊。"

"上啥呀，咱不是上学的料。再说家里又缺劳力，三天两头请假。"赵全腾出一只手抹一把额头上的汗。

"唉。"阎亮叹口气，"我在你这么大时想上学捞不着。"

"为啥？"

阎亮却不说了，赵全不好再问，便推着小推车埋头赶路。阎亮走得快，赵全有点不跟趟，紧撵。

"你爹退休后，谁接班？"阎亮问。

"我哥。"

"谁说的？"

"俺娘。"

"你娘咋说的？"

"俺娘说我听话，能干。"

夕阳，一半露在地平线上，一半沉入地下，村子隐隐约约在望了。

"你愿意不愿意接班？"

赵全笑笑:"谁不愿意当大工人?"

"你愿意让你哥去?"

"愿意。"

"种地苦。"

"我苦,我哥享福就行。"

"你还不懂事啊。"

"我都十五了,甘罗十二拜相,周瑜十六带兵,孔融……"

"得得得。"阎亮打断赵全的话,"你应该争。"

"他是我哥。"

"以后结了婚就不是兄弟了。各人过各人的。"

夕阳像灯一样熄灭了,天地间一片白茫茫。村子已看得清清楚楚,被炊烟和薄雾笼罩着。村边一个少年骑在牛背上吹笛子,笛声悠扬、凄凉和哀婉。

"传出去,村里人会笑话我不仁义。"

"你不争也有人笑话你窝囊无用。"

赵全咬住下唇,不再说话。

"我跟你说的话,可不许对别人讲。"

"你放心,亮叔。"

阎亮又说:"我在你这么大时,俺家里你爷爷奶奶不让我上学,让我劳动,让俺兄弟上学。我当时也认为没啥,伏下身子猛干,累出一身病。现在咋着?爹娘去世了,兄弟在城里吃香的喝辣的,我光棍一条,谁管?我真怕你……"

赵全的眼眸蒙上一层泪,一闭眼就淌出来,说不清为啥,赵全抿着嘴,不闭眼,让泪往心里流。

天上的星星都出齐了,透着寒气,还不见月亮露面。赵全和阎亮推着一大车子草进了村。

爹从烟盒上裁两张纸,一张上写"去",一张写"留"。然后揉成两小团,捂在手里搓搓,往桌子上一摊,说:"拾吧。"

赵全和赵强心里像敲鼓似的，谁都清楚这可是决定命运的时刻！

赵全手颤颤地提一个，赵强手抖抖地夹一个，不一会儿，赵强跳了起来，赵全蹲下去哭了。

赵全一边哭一边说："说死我也不去，我在家种地，侍奉爹娘，让我哥去当工人吧，只是别忘了你还有个兄弟就行！"赵强说："不行，不行，定死的，谁抓着谁去。就是名额瞎了，我也不去！"爹一拍桌子说："这都是命，就甭让啦，赵全去当工人，赵强在家种地，谁享福谁受罪都是一就一的，这可都是你们自己抓的。"

就这样，赵全当了工人，赵强当了农民。

赵全走后不久，大锅饭砸锅，生产队解体实行包产到户，爱干啥干啥，有啥本事都能使。生产队处理东西，赵强买下一套马车，跑运输。这家伙脑子好使，又肯吃苦受罪，玩马车不过瘾，玩拖拉机，玩拖拉机不过瘾，玩汽车，玩一辆不过瘾，玩两辆，玩汽车不过瘾，办公司……当别人还在犹犹豫豫前怕狼后怕虎时，赵强已开始大把大把捞钱，当别人醒悟过来下手干时，他已是百万富翁。

赵全进城后，在一家国营商店上班。那时候是计划经济时代，物资贫乏，几乎没票买不着东西，有钱没票白搭，不少人提着礼物求他买这买那，找对象拨拉着挑，吃香的喝辣的。

后来随着实行改革开放，十亿人民九亿商，还有一亿待开放，不是人家求他，而是他求人家了，求人家推销东西。推销不出去，不发工资。再后来，单位改制，他下岗失业。

喝口水酒泡尿都花钱的时代，没钱就没法活，赵全又回到老家，承包闲置土地，种地。

赵全常对他哥开玩笑说："早知道这样，让你去接班啊！"

悲惨的故事

华和现在的孩子们一样,是家里的独生子,华的大人们和所有的大人们一样,很担心自己的独生子有个闪失好歹,恨不得孩子走到哪里跟到哪里。但这又是不可能的事情,所以便把一些耳闻目睹的认为有教育意义的故事说给孩子听。

一次吃着饭,妈妈对华说:"我听说这么一件事,一个司机下夜班回家,途中发现一个被撞成重伤的女人躺在地上。这个司机是个好心人,便把女人弄到车上送到医院。刚要离开时,医生让司机交钱。司机说不是我撞的,肇事司机逃跑了。医生说人既然是你拉来的,病人现在又昏死过去了,你就得负责到底。等好不容易把女人抢救过来后,女人竟一口咬定是这位司机撞的她。"

第二天,华便把这个故事说给他的同学听,他的同学说:"我妈妈早就讲过啦!"

又一次吃着饭,爸爸对华说:"我今天看见这么一件事,一个卖鸡蛋的自行车支得不牢,被风刮倒,一个过路人急忙去扶。你说怎么着,卖鸡蛋的硬说自行车是他碰倒的,非要那个过路人赔鸡蛋钱不可!"

第二天,华把这个故事捎到学校,他的同学听了,说:"我爸也讲过这么一个故事。"

还有一次,也是吃饭的时候,妈妈说:"听说一个司机把一个人撞伤，不但不救，看看周围黑灯瞎火的没人，倒车再轧一次，直到把人彻底轧死再逃。"

爸爸说："轧死人赔个三万两万的完事，要是轧残废了，养他一辈子不说，他的老的小的还不得治死他！"

华在一旁吓得毛骨悚然。

有一天晚上，华气喘吁吁地跑回家，说："我在路上看见一个被汽车撞伤的人喊救命，我没管！"

"别管，别管，你做得对！"他妈妈说。

又一天，华回家说："一个人掉进河里，我的同学跳下去救，那人得救了，我的同学却淹死了，我的同学被评为见义勇为的好少年！"

"咱别救，咱别救，咱也别去评这个那个。"他爸说。

平时，华总是晚上九点准时放学回家，那晚九点半还没见华的人影。

华的爸爸不放心便去接他。走到半路上，见路上躺着一个人，过来过去的不少，都躲得远远的。华的爸爸心里就咯噔一下，跑过去一看，正是华。

华的爸爸把华送到医院时，医生告诉他："太晚啦，如果早点送来，还能抢救过来。"

工　分

队长站在地头，扯着嗓子驴叫似的说："大根10分，二狗子10分，钢蛋10分，国庆10分，老虎10分，宝8分，好8分，小翠8分。"

小队会计蹲在队长旁边，在膝盖上飞快地记着。

我紧张地盯着队长那张说方不方说圆不圆的脸，心提到了嗓子眼。

"张振江6分！"

"哈——"散乱地站在队长前面的社员都笑了。

我的脸由白变红，由红变紫，由紫变黑，像黑下来的天。我挤到队长面前，有点不服气地说："队长，我这么大个男人，一住不住地锄了一天地，连个女社员都不如？"

队长的小眼连看我一眼都不看，说："如啥如，你前挖后埋，草没见少不说，苗倒都跟着你倒霉遭殃了。"

"哈——"又是一阵笑声。

第二天，我锄地仔仔细细，可是别的社员一垄地都锄到头了，我才锄到一半。人们站在地头，指指戳戳，阴阳怪气，像看耍猴一般。空旷的田野里，只有我一个人乌龟似的慢慢往前蠕动。汗水与泪水顺着我的下巴滴答滴答往下流。

第三天，我锄地和社员们一样快，可草像专门和我作对似的，怎么也锄不下来。队长也和我过不去，别的社员他不检查，光检查我。不是扒着土找漏下的草，就是用手测量我锄地松土的深浅。

……

一年过去了，我一直每天挣6分。

这一天去锄东坡地，来到地头一看，一条绿色长龙伸向远方，格外醒目。不用问，这是几天前不知谁漏锄的草，一场雨之后，半死不活的草活了，没锄下的草长高了。

队长连蹦带跳地吼道："他娘的，这是人锄的地吗？分明是阶级敌人破坏，今天要把他揪出来示众，让这个狗娘养的显原形。是谁干的？给我站出来？"田野里静悄悄的，社员们你看看我，我瞅瞅你，面面相觑，不敢吱声。我更是大气不敢喘，心咚咚一个劲敲鼓。

"他娘的，你寻思我不知道你是谁是啵——"他嚎叫着竟向我这个方向扑过来。

突然，一条身影以迅雷不及掩耳之势，冲过去，人到手到，"啪啪"，两记响亮的耳光打在队长的脸上，口中还骂道，"我让你骂，我让你欺负人，你这个狗杂种！"

原来是一向强悍的老虎。

队长捂着脸："我又不是骂你？"

老虎说："地是我锄的，你不是骂我骂谁？"

队长说："我一没指名，二没道姓，谁心惊我骂谁。"

"我让你骂！"老虎一个饿虎扑食，侧身抬腿把队长踢了个仰面朝天。

"呜呜——，俺惹不起躲得起，这个队长俺不干了，找大队说理去。"边说边爬起来，一溜烟似的往村里跑去。

会计走到老虎跟前问："这坨地真是你锄的吗？"

老虎说："真是我锄的。"

会计转身又问我："振江，你锄的那坨呢？"

我指给会计看，会计认真地看了一遍，然后大声对社员们说："大伙都过来看看，看看振江锄得怎么样。"

社员们围着我锄的那垅地看了看，七嘴八舌地说："锄得挺好。""比以前锄得好多了。""人家文化人能钻研。""人也不是一成不变的。""凭良心说给人家6分太亏。"……

会计打断众人的话说："咱这个小队是全体社员的，不是哪一个人的。凡事讲个公道，大家也看到了，振江锄地的质量不比别人差，为啥一直给人家记6分？晚上我找驻村干部拉拉，不合理的地方要改过来。"

……

世事往往反复无常，谁也没想到二十多年后，我会再回到省城。

一天，我正在逛街。突然，一个熟悉的身影闯进我的视线，我仔细看看，原来是老虎……

我有一种他乡遇故知的感觉，找了一家幽雅的饭店招待他。话题自然回到了过去，一起回忆我那二十多年的峥嵘岁月。喝着喝着，趁老虎夹菜的空隙，我说："那年亏了你没锄好地，揍了队长一顿，算是救了我，不然的话我还不知一天6分会到啥时候，甚至活不过来啊！"

老虎一听笑了，说："依我的锄杠，会锄得地那么刺毛？我那是故意漏下那么多草的。我就知道他会怀疑到你头上，找你的茬。那年月，你又不敢说不敢动，他太欺负人了！"

我一听，恍然大悟。眼泪"哗——"淌了下来，急忙掏出手帕擦。不知怎么回事，却怎么也擦不干净。

工 作

星期一，主任说："你去领几个启动器。"

我初来乍到不知道该往哪里去领，便问："去哪一个科领？"

主任说："Q科。"

这里离机关很远，我们这个几个人的网点又没有汽车，只能骑自行车去。到了那里，管着领东西的人不在，我挨个办公室找，也没有找到人，又到处打听，才知道那人上街买东西去了。我只有等，等了好半天，那人才回来。我领上东西回来，正好晌午。

星期二，主任说："你去领箱打印纸。"

我问："去哪个科领？"

主任说："W科。"

我到了那里，人不在，只好等，直到下午才回来。

星期三，主任说："你去把加班费领回来。"

我问："去哪个科领？"

主任说："E科。"

我到了那里，人很多，排队等。

星期四，主任说："你去拿几个文件回来。"

我问："去哪个科领？"

主任说："R科。"

我到了那里，别人告诉我，管文件的人病了，下周再来拿吧。

星期五，主任说："你去领瓶灭蚊灵。"

我问："去哪个科领？"

主任说："T科。"

我到了那里里，人不在，一打听，原来是出去了。

我气喘吁吁地回来后说："领这些鸡毛蒜皮的东西，你怎么不让我一次完成呢？"

主任笑笑说："我何曾不想让你一次都领回来，可是不行。"

我问："为什么？"

主任说："启动器属办公用品Q科管着，打印纸属计算机耗材W科管着，加班费属财务的事E科管着，文件属保密R科管着，灭蚊灵属医药用品T科管着……你看怎能一次领回来呢？"

我说："一天都领回来也行啊，为什么非要一天跑一趟领一样东西呢？"

主任说："领东西各科室都严格规定了时间，Q科规定星期一，W科规定星期二，E科规定星期三，R科规定星期四，T科规定星期五……其他时间去了也白搭。"

我说："这太不合理。"

主任说："你认为怎么样才合理？"

我说："应当啥时间领也行。"

主任说："以前就是那么办的，有些人认为那样太杂太乱不合理，便改成现在这个样子。再说人家也还有别的工作啊。"

我无可奈何地说："看来我得日复一日地跑下去。"

主任笑笑说："这就是工作！"

从此，我一天天一月月一年年地跑下去……一跑跑了几十年，从黑发人跑成白发人，我跑不动了，便退休回家，又来一个小伙子接着跑……

上帝与苍生

当你迷迷糊糊从梦中醒来时,你分不清是躺在哪里,因为眼睛似乎被蒙上了一块黑布,什么也看不见。仿佛天地之间的任何事物都被夜的手抹去了,感觉赤条条躺在无垠的旷野中。

也不知道到了几点,你睁着双眼没有一丝睡意,因为好多稀奇古怪的念头,犹如一大群鸟儿从遥远的天际翩翩飞来,盘旋在你头顶,无论如何都驱赶不走。按说你这个功成名就的人物,通常是给别人指点江山,不应该会这样。你想与人倾诉,却无人可倾诉。

你爬起床,穿上衣服,坐在书桌前,打开电脑。眼前马上出现另一个五彩缤纷的世界。

是梦幻?是现实?是天堂?是人间?谁能说清楚?

聊天的人很多,有叫高山的,有叫流水的,有叫太阳的,有叫月亮的,有叫野兽的,有叫美女的。你给你起了个名字叫:"苍生",然后完全是不由自主地打上这么一行字:上帝睡了没有?

不一会儿,上帝真的从屏幕上跳了出来:上帝还没睡。

你一阵兴奋,急忙把你那一大群鸟儿往上帝那儿赶去。只有上帝知道你的那堆问题。

苍生:人活着是不是很无聊?

上帝:是的,人类一思考,上帝就发笑。

苍生：人一辈子忙忙碌碌能留下什么呢？

上帝：平凡的人活一辈子留下的只有后代，非凡的人一辈子不但留下后代，还留下思想。

苍生：思想是什么，看不见摸不着。

上帝：飞机、轮船、火车、著作、音乐、书画……这些都是思想，没有思想怎么能发明创造呢？

苍生：人为什么活着？怎么活着才有意义？

上帝：一人一个活法，大体可以分为三类，第一类是生活型，这类人是为生活而生活，一切出发点都是为挣钱，挣了钱来可以更好地吃喝玩乐；第二类是生命型，这类人最关心的不是享乐，而是把有限的生命投入到无限的创造中去，他们对物质看得比较淡；第三类是生活型和生命型兼顾。

苍生：怎么才叫有本事？

上帝：一般来说，如果在单位上班，当官就是有本事；如果在社会上，挣钱就是有本事。

苍生：不当官的都是没本事的吗？

上帝：当上官的都是有本事的，有本事的不一定当上官。

苍生：为什么英才往往怀才不遇，庸才往往春风得意呢？

上帝：真正有真才实学的人，往往都很有风格很有个性，像松柏不轻易弯腰，恃才自傲；而那些腹内空空的庸才，自知才疏学浅，便去拼命地阿谀奉承溜须拍马，博得上司的欢心。所以真正得意的往往是那些活动家，而不是实干家。

苍生：世界上好人多还是坏人多？

上帝：真正的好人很少，真正的坏人也很少，绝大部分是中间地带。

苍生：怎么区分好人与坏人？

上帝：好人死了，哭的人多；坏人死了，笑的人多。

苍生：你到底是人还是真是上帝？

上帝：也是人也是上帝。

苍生：你开玩笑。

上帝：不，真的。世界上每个人既是上帝也是苍生。

苍生：我真想与你天天聊聊。

上帝：为什么?

苍生：太孤独了，感觉全世界就我一人。

上帝：你身边人很少吗?

苍生：人很多，人满为患。

上帝：那你还孤独什么?

苍生：就是孤独。

上帝：天快亮了，我要回家了。

苍生：你孤独吗?

上帝：我更孤独……

苍生：人人都说生命最重要，你同意吗?

上帝：只同意一半，没有理想的人肯定认为生命是最重要的；有理想的人肯定认为理想比生命更重要。

海之语

黄昏，一个男人坐在一块礁石上。

哗啦——哗啦——，浪涛拍打着礁石。

男人说："我没脸再回去了。"

哗啦——哗啦——，浪潮汹涌地奔来、奔来、奔来……

男人又说："我只有投进大海的怀抱。"

哗啦——哗啦——，浪花迟迟地后退、后退、后退……

男人还说："大海你要我吗？"

哗啦——哗啦——，浪尖高高地扑来说，"为啥，为啥，为啥？"

男人不再说话，只是狠命地抽烟。

哗啦——哗啦——，海水缓缓地说："这不是你的错，即使是你的错，还可以从头再来。"

男人又点上一支烟，昏暗的夜色从波诡云谲的大海深处远远地越滚越近，男人说："我是抱着多么大的希望，背井离乡来到这海滨，想拼搏几年衣锦还乡荣归故里，甚至想从此就是这里的人了，想不到才这么短的时间就两手空空地要回去了，我无脸回去啊。我万万没想到在这看上去又干净又美丽的海滨，人却是最肮脏最龌龊最卑鄙。"

哗啦——哗啦——，涛声慢慢缩着慢慢说："多经一分挫折多长一分见识，多碰到一个坏人多一份成熟。"

男人被夜染黑了，男人脱口而出："'黑夜给了我黑色的眼睛，我却用它寻找光明。'我是那么卖命地干，我是那么小心翼翼地做人，没想到到头了，还是卸磨杀驴，我是多么不幸！"

哗啦——哗啦——，潮声悄悄地来到男人的脚边，悄悄地说："幸运和不幸，命中注定，因为谁都有幸运与不幸！一个人首先要过置名利于身外的关口，再就是要过置生死于身外的关口，这样才活得超脱豁达从容！一个人一生的命运，其实与整个人类进程、整个社会历史、整个民族发展、整个家族变迁有着密不可分的联系。"

男人坐在一块礁石上，似乎是一块礁石上的礁石，男人说："怎么可以这样、这样！"

哗啦——哗啦——，海浪急急地涌上来说："一个人的一生其实是历史长河中短短的瞬间。每个人都是历史链条中的一节。不必太在意。"

男人站起来面对苍茫的大海泪流满面地说："人的命运究竟是掌握在自己手里还是掌握在上帝手里？"

哗啦——哗啦——，大海匆匆地收缩着说："不妨打个比喻，把一个人的一生，比作一个人某年某月的某一天，要出门办一件事，假如这天风和日丽，那么这一个人的这一天或者说一个人的一生，将是幸运的；假如这一天风雨交加，那么说这一个人的这一天或者说一个人的一生，将是艰辛的。但是不能因为这一天艰辛就放弃以后的日子啊，说不定明天会是风和日丽的日子。"

男人喟然长叹道："难道活着就没有必要奋斗吗？"

哗啦——哗啦——，大海轻轻地走过来说："不是一个人想不想奋斗，而是不奋斗不行，要生存就要有奋斗！不然，怎么活下去？记住吧，不努力是你的错，不成功是上帝的错。"

男人站在礁石上岿然不动沉默不语。男人望望天，天上的颗颗繁星，一会儿明一会儿暗；男人望望海，海上的点点渔火，一会儿大一会儿小；男人低头看看手上的烟头，烟头上的颗颗火星，一会儿亮一会儿灭。

海风像一个被扎破的大气球，呼呼地吹着。

几代人

儿子已记不清老子这是第几次问他了:"要是你还在老家,现在干什么呢?"

这次儿子没有委曲求全顺从老子,而是干脆心里有啥嘴上说啥:"还用问嘛,钻进密不透风的地里锄草。"

老子很开心地笑了,说:"是啊,这么热的天,在太阳底下干活,多受罪呀!"

儿子的脸上看不见一丝笑意,咽下一口西瓜,才说:"受罪是受罪,多痛快啊,清新的空气,淳朴的民风,亲密的伙伴,和睦的邻居,哪像这里,老死不相往来,戴着假面具做人……"

老子拿起遥控器把空调的制冷调大点,说:"你看你现在拥有舒适的工作,稳定的收入,安定的生活,该知足啦!"

儿子把电视换个频道,说:"幸福的含义绝不是物质生活优越,不信你看那些自杀的,大部分是富人、名人。"

老子又端起一块西瓜,说:"人的动机,首先是生存的需要。"

儿子很勉强地一笑,说:"最高层次却是实现自我价值。"

老子话锋一转:"一个人能让老婆、孩子冻不着,饿不着,过上好日子,比啥都强!"

儿子不屑一顾说:"那算什么呢,一个人不应该让家庭束缚住,应该去干轰轰烈烈惊天动地的事业！"

老子瞥一眼儿子："那是站着说话不腰疼，不信让你体验一下我们那一代的生活，你试试！"

儿子说："你们那一代又怎样呢？一个个老实巴交，树叶掉下来怕砸破头，你看我们这一代，哪一个不敢做敢为，敢爱敢恨？"

老子从鼻孔里"哼"了一声："别提你们这一代了，没有理想，没有抱负，没有信念，没有革命热情，说穿了没有出息！"

儿子这次笑了："你们革命了一辈子，最后是什么呢？"

"……"老子一下子被问住了。

老子过一会儿，话锋又转："为了能让你过上城市生活，要知道那时候你已经超龄，我付出的心血就没法提啦！"

不料儿子说："这也是你们那代人的一个通病，一方面对社会风气恨之入骨，一方面又制造歪风邪气。"

老子说："为了能让你进一个好单位，我分的鱼、虾、蛋、油，一点舍不得吃，全给管事的背去。"

儿子说："其实大可不必。为什么去低三下四呢，失去人的尊严，叫我就不那么干。"

老子说："要是不管你的话，你还不是面朝黄土背朝天修理一辈子地球！"

儿子说："也许是。但你也使我这辈子撑不着也饿不死。"

老子说："这话咋讲？"

儿子说："靠工资吃饭，成不了乞丐，也永远成不了富人。"

老子问："难道你还不满足？"

儿子说："正是这种满足，才注定我不思进取。"

老子问："为什么？"

儿子说："本事，是逼出来的，没有闲出来的，因为生活还算安逸，我没有压力，就没有动力，怎么还会去奋斗呢？"

老子话锋再转："这么说费了九牛二虎之力把你弄出来错啦？"

儿子说:"也不能那么说。但也不排除我不安于那种状态,闯出另外一条道来!"

老子端起茶杯,一边往卧室走一边摆着手说:"罢罢罢,快睡你的觉去吧!"

这时,刚上小学的孙子从卧室里跑出来,说:"爷爷,明天你再带我回老家好吗?"老子说:"回老家干什么?"

孙子说:"我要再去看猪、看鸡、看鸭、看鹅,吃农家菜。"

儿子瞪孙子一眼说:"那些东西有什么好看的,好吃的?"

永远的军号

十几辆军车拉着我们几百名新兵，从新兵连浩浩荡荡出发了。越走山越高，越走山越险，越走林越密，我们都猜不透往哪里去。

在路上整整走了一天。等一到老兵连，我就傻眼了。我从小就梦想当一名解放军战士，手握钢枪，身穿军装，英姿飒爽，威风凛凛，保家卫国。可做梦也没想到钻进深山老林，当一名工程兵。

营长把我分给一连，连长把我分给二排，排长又把我分给三班。我便背着背包，拎个网兜，无精打采地去三班报到。

班长亲切热情地接待了我。他，扁平的鼻子，稀疏的眉毛，薄薄的嘴唇，矮矮的个头，一双挺大的眼睛还算深邃。

晚上，他组织全班给我开欢迎会。他首先作自我介绍，他讲完，其他老兵作自我介绍，最后，他让我谈谈入伍后的感想，我只是轻描淡写地挤出6个字："既来之，则安之。"不料，他还表扬我："入伍动机端正，有安心服役的决心。"

翌日吃罢早饭，他脱下缀着领章的军装，穿上补着补丁的灰衣服，戴上白色塑料安全帽，又蹬上洗白了的解放鞋。这哪里是军人，分明是民工！我本来懊丧的心情，更加悒郁。

"我也跟你们去吧？"我踌躇着说。

"你先休息两天，写写家信，洗洗衣服，熟悉熟悉环境。"他说。

"嘀……"嘹亮的军号响了。

他扛上钻杆带领全班冲出门去。

我趴在窗台上,望着全连排着长长的整齐的队伍,朝山里走去。

窗外山清水秀的景色,我没有丝毫兴致去欣赏。不愿写信,懒得洗衣,便又上床蒙头睡去。

傍晚,全班同志回来了,个个身上溅满泥浆,脸上、手上还粘满黑糊糊的油,一个个像小鬼似的。

"班长,累不累?"我问。

"不累!人身上的力气是取之不完,用之不尽的。"他诙谐地说。

第三天,我也上了工地。啊!那场面简直是硝烟弥漫的战场。先在大山的青石断面上,钻出密密麻麻半米深擀面杖粗的孔,然后把一节节炸药塞进孔内,最后人撤离到安全地带,随着地动山摇般的一通巨响,山便被炸下一大截。

"哒……"风钻钻石头的声音,像机关枪猛烈扫射,"轰……"炸药的爆炸声,像炮弹一齐怒吼。

班长是风钻手,钻完眼本来可以休息,可他却跑来搬石头。

"班长,你休息吧!"我劝道。

"闲着也是闲着。"一块大石头,他一个人抱着便走,真不知他瘦小的身躯究竟蕴藏着多少力量。

"班长,这里荒无人烟,修道干啥?"

"要到前面的高山挖坑道。"

"是不是挖盛导弹的坑道?"听别人讲现在的导弹都往山洞里藏,以免被外国的卫星发现,因此我才这样问。

"是的。"他的脸像水洗过。

我又问:"你见过导弹吗?"

"没有,"他抹一把汗,摇摇头说,"我们营专管修路,挖坑道。"

"一次也没见过?"

"没有。"

"咱们要在这里干几年?"

"十年左右。"

我不禁倒吸一口凉气。

过了一会儿,我又问:"班长,你是城市兵,在这里跟石头打交道图个啥?"

"哈哈哈……"他一阵爽朗的大笑,"图啥?黄继光图啥?董存瑞图啥?雷锋又图啥?张海迪有一句话,人的价值在于奉献而不在于索取。"

我哑口无言,脸隐隐发烧,生活中有这样的人吗?我在这里似乎找到了答案。

就这样日复一日地钻眼、放炮、搬石头……一条平坦的盘山公路,在官兵们的脚下一寸寸、一米米地延长着……

夕阳慢慢躲进山后,一轮皎洁的圆月悄悄爬上山顶。山里的夜,宁静而又寂寥,朦胧而又神秘。

我和班长踏着新凿出的路散步。

突然,一个缠绕了我很久很久的念头爬到我的嘴边,我将它说了出来:"班长,人生的路该怎么走?"他沉思片刻,那双深邃的大眼闪闪烁烁,如天幕上的星星:"鲁迅先生说'其实地上本没有路,走的人多了,也便成了路'。正像我们现在修的这条路,只要不怕流血流汗,就能征服峭壁、悬崖、山涧、岩石。人生也是如此,只要不畏惧困难,勇敢往前走,就一定能踏平坎坷,走出一条属于自己的路……"

我感觉班长的话像那一声声嘹亮的军号,能永远地回响在我心里。

平凡的人家

妹

就是这么一块鸟不拉屎的地方,竟然孕育出妹这么一个大美女。小伙子见了她,脖子抻得老长,眼睛忘记眨,像掉了魂;嫉妒心强的姑娘暗地里咒她骂她。媒婆子走马灯似的换,胆大的好小伙子苦苦追求,却没有一个打动她的芳心。

娘不止一次劝道:"闺女,眼眶子可别太高哇,找个老实巴交的庄稼汉更稳妥。"

她有时也被说得心猿意马。但每当去井上打水,明镜般的井底,便映出她那樱唇欲动、眼波将流、脸如明月的俊模样。她望着自己水中的影,想想村里破衣烂衫脏兮兮黑糊糊的小伙子,便发誓非找个干干净净白白嫩嫩文文雅雅的城里人不可。

她去城里打工,认识了一个城里人,挺拔的鼻梁上架着眼镜,衣着穿戴挺讲究,浑身散发着一种说不出的好闻的气味。

那人也很喜欢妹。

妹带着他来家过几次。

村里信神信鬼的老人们说这是妹前世积的德;妹的同伴羡慕得要死。

有一天,那个城里人说他要往省府调。妹泪汪汪求带她一块走。他说安顿安顿一定来接她。

他走后，妹掐着指头盼，整整盼了半年，没盼来他，倒把肚子盼大了。其间，村里人谁见谁问："他还不来接你呀？"妹就说："快了，快了！"

村里已是风言风语说那人肯定变心了。妹嘴上说不会心里也很担心。妹便去找。等好不容易找到他，才知道他已经有了新女友，正准备结婚。

路上，妹真想一死了之。

姐

姐很丑，矮矮的个头，黄疏的头发，单眼皮，细眼睛。

最能吃苦的是姐，从小吃饭拣陈的吃，饭不够时，她就吃半饱，一抹嘴说饱了。干活从不偷懒耍滑，小时候去割草剜菜，每次都是她背回家的最多。姐都快三十了却还没嫁人。村里无论哪家男婚女嫁，她都不去看热闹。

娘几次劝她出嫁，她都说等哥结婚后再说。

一天，姐洗着衣服说："娘，给我哥换亲吧。"

娘说："你妹嫁人了，用谁换？"

姐说："用我换。"

娘摇摇头："从小数你受苦受累多，我不能再让你吃亏。"

姐说："总不能让哥打光棍，你不答应，我一辈子不走。"

娘叹口气："哪里有合适的头？"

姐说："村里彭老二想换亲。"

娘说："他的儿傻呀！"

姐说；"不傻人家能换亲么？"

婚后，姐的丈夫天冷不知加衣，天热不知脱衣，窝里吃窝里拉。姐不但侍候丈夫，还得挣钱养活丈夫。

哥

哥渐渐懂事了，哥最害怕听到的就是"累赘"，两个字像一条毒蛇时刻咬噬着哥的心。

哥一天天长大，爹娘一天天发愁。

在这穷乡僻壤，没有聋哑盲人特种教育学校，哥没法受教育。没有文化，将来可怎么活？

哥知道爹娘的心事。

哥渴望有一双眼睛，一只也行！可是，哥从生下来就是盲人，只有在黑暗中度过一生。

有时哥也问："娘，我是累赘吗？"

娘抹抹眼说："别瞎说，不是。"

一天，哥说："爹，你教我干点活吧，干什么都行，我不做累赘。"

爹是当地的编织能手，就说："好，教你用柳条编篮子。"

有眼的人用眼编，哥没眼用心编，手扎破了，脸划破了，可他的心却甜甜的。

哥在黑暗中摸索着编出一只，尽管不伦不类，又编出两只、三只、四只……

哥的编织技术由生到熟，由熟变巧。他不但用柳条编，还用包装带编，在篮子的两侧点缀上小兔、小鸟之类的图案，像真的一样，与众不同，别有情趣。

这里原是战国时代的齐国故都，修建高速公路时，发现了殉马坑、古代战车等文物，吸引来不少专家和洋人观光考察。没想到洋人不但对几千年以前的东西感兴趣，对哥刚出手的柳条篮子也颇感兴趣。因为哥编出的篮子，谁也没见过，是世界上独一无二、奇形怪状的篮子，在老外眼里简直是一件件妙不可言的艺术品。

洋人一说好，没有不说好的。

这样一来，哥编织的篮子就身价百倍。别人想学，还学不了，说什么也编不出他编的那个样来，哥成了这方水土的名人。

每当妹、姐生活上遇到了困难，哥总是慷慨解囊，倾力帮助。

沉重的思绪

你是爸爸妈妈的心头肉，你是爸爸妈妈的掌上明珠，你是爸爸妈妈的宝贝疙瘩，你是爸爸妈妈的"小皇帝"。

在你不懂事的时候，你觉得这是应该的，是天经地义的，生活本来就是如此。

在你懂事以后，连你自己都不明白，为什么在家里说一不二，为什么在家里有求必应，为什么爸爸妈妈对你百依百顺。

既然你是在这样的环境中长大的一棵庄稼，什么都由你说了算，就不足为怪了。

那天，你又发烧又呕吐。爸爸妈妈吓坏了，陪着你去医院看病。不料，竟查出来是早孕。回到家爸爸妈妈第一次大发雷霆。你连委曲带吓，哇哇大哭起来。你一哭，爸爸妈妈立刻软下来，开始哄你劝你。直到满足你所有要求，你破涕为笑为止。

本来你在班里是一个数一数二的学生，各方面都很出色。可自从你坠入爱河，成绩一落千丈。尽管那时你才十几岁，才是一个初中生。如果生活中没有发生这件事，说不定会前途无量。你却沉浸在爱河不能自拔，旷日持久的风花雪月拖得你神魂颠倒死去活来。

生命是一次性的，不可能从头再来。你过早地离开校园步入社会。

当趟进生活的激流，你才发现你一无所有。既然一无所有你愈发把命运之绳紧紧拴在同你一样一无所有的男友身上。你经常贴在男友身上喃喃自语，为了爱我已经抛弃一切。除了你我一无所有，你是我生命的支撑，你离开我的那天，就是我死的那天。

有时恶劣的环境正是件好事，劣势正是优势，它是一种巨大的无形的动力，逼迫一个人去奋斗去拼搏去挣扎去前进。

你承认你们的努力终于获得不小的成功。金钱成了衡量一切价值的唯一标准，这在全世界好像早已达成共识，尽管这个世界越来越有钱，就像一个人越有钱越吝啬一样。

如果爱情真像一座山亘古不变，如果爱情真像一片大海一样深情，你将是世界上最幸福的女人。

无奈爱情从古到今就是风云突变的。你措手不及难以置信。淅淅沥沥的春雨，绵绵不断的秋雨，倾盆而下的夏雨，那就是你的眼泪在飞。

你默默地伫立在窗前，似乎只有凭借回忆的折光，才能看清爱情本来的真面目。爸爸妈妈的婚姻是不幸的，吵吵闹闹中度过了一生。他们都有过刻骨铭心的恋人，父母之命媒妁之言，断送了他们的爱情。我不会趟入同一条河流，你是这么想的也是这么做的，你错了吗？

你的目光越过鳞次栉比的楼群，射向摇摇欲坠的落日，苍茫的暮色埋葬着地上的一切。

你躲在黑夜的一隅，再一次想起爸爸妈妈，再一次怨恨他们，为什么对你从小那么溺爱，为什么对你百依百顺，为什么对你那么纵容娇惯。

但怨气很快便烟消云散，父母常对你说他们的童年是在打骂中度过的，他们常说他们的心灵是压抑的扭曲的。

他们常说生活太沉重，你感到生活也太沉重，压得人透不一口气。他们活着时常说，既然给不了孩子荣华富贵，就给孩子温暖吧！

不料，恰恰是这种温暖反而把你推进了冰窟窿。

老板的新衣

我们公司的王老板，很有钱。

王老板当年也很穷，曾经逃荒要饭。他靠他的勤奋、才华、机会，成了一名成功的企业家。

王老板最近穿上一身新衣，显得更加年轻有风度。

这就令全公司羡慕不已。也是，哪个男人不渴望自己风流倜傥，英俊潇洒，如白马王子？哪个女子不渴望自己漂亮妩媚，国色天香，如白雪公主？模样是父母给的，由不得自己，衣裳却是自己穿什么说了算。好多人想如果自己穿上老板那么一套新衣也一定会一表人才，俗话说"人靠衣裳马靠鞍"。

职员们工作之余，就议论老板的新衣从哪里买的，值多少钱。

有人说是从美国买的。

有人说像从日本买的。

有人说大概从香港买的。

有人说可能从台湾买的。

至于价格，更是众说纷纭，莫衷一是。

有人猜上衣得上千元。

有人立刻摇头说还多，一条腰带还上万呢。

有人说裤子也要好几百。

有人立刻摆手说不止，一双鞋子还好几千呢。

有人感慨地说，真是人比人该死，货比货该扔，咱狠狠心花百儿八十的买件衣服，不够人家个零头，我们只有看的份，根本买不起。

也有人说，等我们有朝一日成了大老板，比他穿得更阔，更好！

王老板挺平易近人，有时会到各办公室转转。在王老板没来之前，总有人发狠说一定当面问问，上衣多少钱，裤子多少钱，从哪里买的，可一见到王老板又张不开嘴。

有一天，王老板又走进办公室，全体职员起身迎接，王老板询问一下工作情况刚要走。一个人终于鼓足勇气说："王老板，我问件事行吗？"

"行，问吧！"王老板饶有兴趣地站住。

"你这件上衣在哪儿买的，值多少钱？"

王老板说："这是去年到外地考察在一个小店买的，五十块钱。"

"裤子呢？"

"今年去外地谈项目买的，八十块钱。"

"真的？"在场的人都大吃一惊。

"这还有假。"王老板笑笑走了。

人们却愣在那里，许久缓不过神来。

电脑时代

她步履匆匆地走进一家银行。

"师傅，取钱。"她气喘吁吁地说。

"存单呢？"一位小姐站起来，笑容可掬地说。

她一边擦汗，一边递进去一张挂失申请书。

"你昨天刚挂失？"

"对。"

"不是让你七天之后再来吗？"

"倒霉的事情都让我碰上了。前几天家中刚被盗，今天丈夫又出了车祸。"

"你先借借不行吗？"

"借谁呢？我是外地人，初来乍到。"

"你这里一个认识的都没有？"

"也认识几个人，都借了，人家也没有多少钱。"

"你打电话给你老家的亲朋好友们，让他们汇款。"

"我老家很穷。"

"你想办法再借啊？"

"能借到的都借了，还是不够。交不上钱，就住不上院。"

"让撞人的司机出钱！"

"哎呀，别提了，肇事司机跑了！"

"现在不能给你钱。"

"为什么？"她急忙问。

"给你取不出来。"

"钱不够吗？放心，我不都提走，给我一半就行，另一半我再存你们这里我知道现在银行多，竞争激烈，日子也不好过。"

"有钱。"

"有钱怎么取不出来？"

"查不到你的账号。"

"我的账号呢？"

"你原来的账号已作废，新账号还不知道。"

"你们不知道谁知道？"

另一位小姐拍打着一个电视模样的东西，说："电脑知道。"

"你们不会让它告诉你们吗？"

"可它不告诉我们。"

"电脑是不是人脑想出来的？"

"是。"

"是不是该听人的？"

"是。"

"那你让它现在告诉账号吧。"

"现在不行，必须七天后。"

"七天后我丈夫就死了。"

"我们很同情你，也很想给你马上取钱，但我确实没办法。"

"你们别再难我了，我丈夫还在医院里血淋淋地躺着呢！"

"我们绝没有难为你，如果我们现在是手工操作，可以马上另给你编一个账号，把钱取给你，可现在是电脑时代，账号都是从电脑里产生，必须七天以后才能解挂取款，这是规定，也是程序。"

"求求你们啦，我丈夫生命垂危！"

"我们也没有办法啊！"

梦　语

　　小时候，他特别爱听评书，自己家里没有收音机，只好跑到别人家里听。时间一长，人家不大高兴，浪费电池，还剥夺别人听节目的自由。

　　他就做了一个梦，梦见自己拥有一台收音机。

　　他把梦说给别人听，别人说："我看你是饿得还轻！"

　　他嗓子特别好，爱唱歌。拾柴的路上、挑水的路上、回家的路上一路走一路唱，唱得白云飘飘，鸟儿盘旋。无忧无虑的孩子就盼望自己有一架录音机，可以反复听自己喜爱的歌，还可以录下来放给自己听，他看见街上提着录音机的人走，就盯着不放。

　　他说："我要是有一台录音机多好啊！"

　　有人说："别做梦啦！"

　　他第一次进城逛百货大楼，从一楼爬到二楼再爬到三楼，一趟一趟，也不嫌累，心里很美。又看见城里人脸很白，衣服也很干净，还发现商店的橱窗里有一个营业员卖书，有买书的卖书，没买书的看书，神仙的日子。

　　他回到家，说："去那个地方卖书很好！"

　　有人说："好是好，就是等于白日做梦。"

　　地震把人们从屋里赶到屋外，人们在空地上支起一个个帐篷，大人们围在一起谈笑，说理想中的生活——电灯电话，楼上楼下。

他听见了，在旁边大声说："我长大了就电灯电话，楼上楼下！"

逗得大人们哈哈大笑起来，有人还说："别做美梦吧！"

他看到别的儿子又淘气又可爱，他就想生个儿子多好啊！给什么也不换，比什么都强。一天夜里，他梦见一个漂亮的小男孩站在门口冲他笑，还一个劲喊："爸爸、爸爸……"

他把梦说给别人听。

别人告诉他："做梦正反着。"

他爱好文学，很投入，当作一项神圣的事业去追求。一个朋友出版小说集，他就问："我将来能出一本书吗？"

朋友笑笑说："祝你梦想成真。"

他不爱商店爱书店，买得不多，喜欢去看看、摸摸。在书海里，他每当看见那些著名的作家的书，还在变着花样地一版再版，就觉得自己活得一点价值也没有。

就感慨地说："我要是写出有影响的作品，成为大作家，早死二十年也值！"

有人说："你那是说梦话。"

意见箱

领导出去考察了半个月回来说，怪不得我们这里的工作老搞不好，就缺个意见箱。没有一个正常的反馈渠道，听不到群众的呼声，失去了与老百姓的联系，脱离了群众的监督，工作能搞好吗？

于是，便把带回的图纸交给秘书。几天后，秘书从街上搬回来一个意见箱，方方正正，亮晶晶的，不锈钢做成的。正上方端端正正写着的"意见箱"三个黑体大字格外醒目。意见箱挂在办公大楼门口右侧，很醒目的地方，进进出出的人都能看到它。不久，上面下来检查，立即引起检查组的高度重视，说这里的工作是最好的，理由是别的地方没有意见箱，唯独这地方有。

检查组回去后把这一重大发现作为重大收获，汇报给了领导，当然，不可能不有所夸张，或者说添枝加叶。因为这是一举多得的好事，一来证明自己对工作的认真负责态度，二来下面受了表扬会对自己感恩戴德，也不排除为了对得起那地方对自己高规格的招待。领导听完汇报，大受感动，当即拍板树为典型，开展向那地方学习的活动。

很快，大小车辆车轮滚滚直奔那个地方去学习，来到后，个个围着那个意见箱惊叹赞美一番，便直奔饭店落座。回去后也设上意见箱。

意见箱挂了一天又一天，一年又一年，由亮变黄，由黄变黑。

意见箱里究竟有没有意见，还能不能装下意见，谁也不知道，因为从挂上的那天起，就从来没有打开过看看……

不久，领导因为有政绩高升了，领导的政绩就是那个意见箱。

生命之谜

　　一条朦朦胧胧缥缥缈缈的长墙横在天与地吻合的地方。鸟从那里飞来，云从那里飘来，风从那里吹来，太阳从那里落下，月亮从那里升起。

　　他小时候，常坐在门槛上手托下巴一边眺望一边幻想——那地方一定很神奇很美妙很诱人！

　　他长大后，知道了那地方是山。于是雄心勃勃踌躇满志朝那里走去。日夜兼程，风餐露宿。

　　他终于攀上一座山。啊！好空阔哟，田野、山川、河流、村庄尽收眼底，令人目不暇接、心旷神怡。

　　他刚想下山，猛然发现另一座山更高，更险，于是，他又朝那座山爬去。跋山涉水，披荆斩棘。

　　他终于登上那座山。啊！好广袤哟，鸟儿欢唱，白云徜徉；山麓下，人小得像蚂蚁，车小得像火柴盒。他不禁心潮澎湃，浮想联翩。

　　他刚要下山，又一座山把他吸引住了，瀑布生烟，苍松翠柏，怪石嶙峋。他爬了一天又一天，翻了一山又一山……

　　当他看山归来时，感到的不是满足而是空虚。

　　他又爱上了诗歌。经常在浩如烟海的书丛里苦苦寻觅一首首如花似锦、瑰丽多姿的诗。每逢读到好诗便欣喜若狂，或是动手抄录下来，或是剪报收藏起来。日久天长竟积攒了厚厚的几大本。他感情的触角已深深植根于诗的沃土中。慢慢地萌生了一种欲望，一种冲动——写诗。

起初，他是隐匿在旮旯里冥思苦吟，吟罢再吟，中西合璧、今古一炉，咬字嚼句。没有不透风的墙，人们终于发现了这个秘密。一时之间，沸沸扬扬的议论如同鹅毛大雪自天而降，嘀嘀咕咕的闲言恰似滂沱大雨泥泞了大地。嗤之以鼻者不乏其人，捧腹大笑者何止一家。一些有识之士面对面提出警告："诗是文字之精髓，文学中的文学，你一个小人物，竟也异想天开地做起诗人梦，好不自量。"

面对洪水猛兽般的议论、嘲笑、讥讽，他都置之一笑不理不睬。干脆在众目睽睽之下侃侃谈诗，款款写诗，朗朗读诗。当然，他承受的是更大的痛苦与折磨。究竟写了多少？寄出多少？他不去计算不去回首，仍是坦坦荡荡，默默无言地笔耕着。天天盼，月月盼，年年盼。盼得花开花落草荣草衰，盼得斗转星移四季变色。几年过去了，不知是什么东西与他作祟，他的梦想一个个失落，他的诗作始终没能变为铅字。他也产生了怀疑，倒不是怀疑没有登大学之门就写不出诗来，而是怀疑自己是否具备了写诗的天赋。

这天，他照例端起本省当天的报纸浏览，当他翻阅到第四版副刊时，目光被一种神奇的光束吸引住了，是看错了，还是幻觉？他揉了揉眼睛再看，千真万确，那飘逸着油墨芳香的报纸，赫然地印着他的名字和他的处女作《天翼的梦》……仅仅隔了一天，一家诗社又选发了他一首组诗。

后来，他成为一名全国著名的诗人，再后来，他又成为一名世界知名的诗人。

他突然醒悟，原来生命的灿烂，是需要经过如此洗礼。

平凡与伟大

春天，秃秃的树枝穿起翠绿的新衣，沐浴着温煦的阳光荡秋千；鸟儿唱着歌翩来翩去。

"收破烂废书废报喽——"尖细的嗓音从楼下飘上来。她只有十四五的样子，苍白的脸庞上闪烁着一对大眼睛，脑后梳着略黄的"马尾巴"，一件褪色的红上衣配一件半新的蓝布裤。

我坐在临窗的写字台前，正在写我那部长篇小说，也是我梦想中的世界名著。望着她，我眼里充满鄙夷，心里充满愤懑：小小年纪，不在学校读书，跑到城里收破烂赚钱，没出息！

一次处理废书报时，我嘲讽地问："小姑娘，赚钱不少吧？你爸妈生你这样的女儿真有福气！"

她没吱声，细碎的牙齿咬着薄薄的下唇，用一种莫名其妙的目光直盯我。

我攥着几元钱，一边上楼一边感叹，像这样的孩子活一辈子有什么价值啊！

夏天，炙热的太阳晒化路面的柏油，蝉趴在树上拼命喊："热——热——""收破烂废书废报喽——"她身着商店里削价处理的白衬衣黑裙子，背着一个竹篓，黑黑的脸上淌着汗水。

我拿着几件破旧衣服下楼喊："喂，卖东西。"她娴熟地过完秤，给我付钱时却没有零钱，少我7角。我一时动恻隐之心，摆摆手说："算了算了，你留着买支雪糕吃吧。"她说："等我有零钱，一定还你！"我笑笑，心想："干这种营生的人不坑人就不错了，人不大倒会骗人。"

秋天，花儿卸下红妆，树儿脱去绿衣。

这日中午下班，我刚在楼口停下自行车，她老远跑来。气喘吁吁地拿着7角钱说："阿姨，给您的钱，怎么很长时间没见您？"

"厂里派我到外省学习几月。"我并没有接钱，"你家很困难？"

"嗯。"她点点头。

"所以你就不读书，出来挣钱？"我用讥讽的口吻说。

"不，不是！"她的头和那只攥着钱的手垂下去。

"那你为什么？"我问。

她眼里渗出亮亮的泪。

"究竟是怎么回事？"我问。

她不肯再说一个字。

"你现在挣多少钱啦？"我又问。

"一千多。"她揩揩脸上的泪水，露出几丝笑意。

我叹口气，要上楼。

"阿姨，还你的钱。"

"你留着买块烤地瓜吃吧。"我说。

她把钱往我衣兜里一塞："这钱我不要。"

望着她离去的背影，我的双眼竟有些模糊。我没多去想，马上去构思我作品中的人物，因为小说快要杀青，我憧憬小说出版后，中央电视台马上来采访我，让我名扬天下，万世流芳。实现我的人生价值。

冬天，大地冻得像岩石，凛冽的风像刀子。

她露在衣领外面的脸、耳、鼻红红的，有的地方紫紫的。双手插进袖口里，缩着脖颈，佝偻着身子，飘荡在鳞次栉比的楼里，哆哆嗦嗦地吆喝："收破烂废书废报喽……"

每晚，我都要收看《焦点访谈》节目。这晚，我坐在暖融融热乎乎的客厅里，准时打开电视机，把频道锁定在中央电视台。节目准时开始，播完片头，电视上没出现主持人，突然出现一个熟悉的身影，我几乎不敢相信自己的眼睛，又眯眯眼仔细看，真的是那个收破烂的小女孩。她怎么会上了中央电视台呢？我屏息凝神听主持人对她的采访，原来小女孩靠收破烂供他哥哥读书。主持人问，为什么你哥哥不收破烂供你读书呢？小女孩说，俺爹娘说一个女娃上不上学关系不大，关键是我哥哥。主持人又问，你愿意吗？小女孩爽快地说，愿意！主持人沉思片刻又问，为什么？小女孩说，因为她是我哥哥！

不知怎么回事，我的鼻子酸酸的。这时候收破烂的小女孩在我眼里，再也不是那个没出息、平凡的小女孩……

多年以后，小女孩的哥哥成为一个很伟大的人物，当记者采访小女孩的哥哥，说他是一个了不起的伟大人物的时候，小女孩的哥哥泪流满面地说："真正伟大的，不是我，而是我的妹妹。"

记者又问："你妹妹现在好吗？"

小女孩的哥哥说："我妹妹因积劳成疾身患重病早早去世了！"

一个人的车站

史生辉在火车站出口处摆了个水果摊卖水果，经常看见一个穿戴整齐的老头。老头有神经病，一天到晚口中念念有词，也不知念啥。老头什么地方也不去，就在车站转悠。老头说来车站接儿子，也不知道他接了多少年，从来没接着。他真有儿子还是假有儿子，他儿子在什么地方，干什么的……老头从来不说。

秋风把落叶刮得满街跑的一个黄昏，一列客车进站了。老头听到火车鸣笛声，急忙跑到出口处，在下车出站的人群中认儿子。突然，老人蹒跚着挤进人群，拽住一个中年人，声音颤颤地说："儿啊，儿啊，你可回来了。"这种事在这里已不算新鲜了，老头已不知认错多少人，也不知挨了多少推搡、责骂和嘲笑。中年人一怔："大爷，你认错人了吧？"老头端详着说："不会错，不会错。难道你忘了爹的模样啦？"中年人动情地看着老头。老头流下两串老泪："多少年了，我接你多少年了，总算接到你了。"中年男人的眼睛湿了，一手提行李一手搀起老头，朝古城缓缓走去……

几天后，中年男人买史生辉的水果，史生辉说："你真是老头的儿子吗？"

中年男人说："我哪里是他儿子，我是来这里出差的。"史生辉说："那你为啥默认？"中年男人说；"我实在不忍心让老人失望，给他做一回儿子又何妨？只要能给老人一丝安慰。人与人之间是不是该多一份爱心，多一份关怀？"

一天，中年男人搀扶着老头来到车站。史生辉听到中年男人说："我明年还会来看你，但你要答应我，以后，不要再往车站跑。"

"我答应、答应。"

第二天，史生辉看见老头又来了车站。

我到哪里去

　　房子就是家，家就是房子。没有房子就是没有家。可他回到家时，却没有房子。
　　他曾经有过房子，还是当地屈指可数的深宅大院。
　　他是父亲的独生子，是父亲的命根子。他父亲生前特别看重房子，用一生的心血给他盖了好多气派豪华的房子，想让他的子子孙孙世世代代住下去。
　　他小时候为拥有这么多房子感到自豪。
　　后来，他被父亲送往山外上学，山外的学校好，山外的老师水平高，山外的世界美。
　　多年以后，等他被山外的一座城市赶回家时，他家的那些房子，已经飞了，成为别人家的房子，一间也没有给他留下。他只有借住在别人家的房子里。那是两间抵矮的残垣断壁的偏房。下雨时，外面大下，屋里小下，外面不下，屋里仍下。刮风时，黄沙弥漫，风声如泣。
　　没有房子，就没有女人。
　　那时候，他最大的心愿就是有两间属于自己的房子，属于自己的家。
　　经过几年拼命的劳动，他硬是勒紧腰带，从牙缝里抠出两间房子。
　　有了房子，便走进一个女人。他也就有了家。有了家他就有了一群孩子。

他要为一群孩子盖房子。

省吃俭用，日夜劳作，盖起两间房子。

正好老大长到成家的年龄，老大住进去。

他又要去盖房子，因为老二不小了，要娶媳妇先要有房子。

于是，他又去盖房子。

终于辛辛苦苦又盖起两间房子，老二结婚住进去。

还没等喘口气，这时，老三又长大。

他还得去盖房子。

不过，他不愿再去盖房子，他发现即使盖到死，也有盖不完的房子。

他发现一条捷径，如果全家"农转非"，就不用盖房子，房子单位负责盖，然后单位把房子分给每一个人。

尤其令他向往的还是电灯电话楼上楼下的城市，简直是天堂般的生活。他由衷地厌恶穷乡僻壤的村庄。

对于一个老实巴交的乡巴佬来说，从农村走进城市，在那年代可望不可即。可他偏偏敢想敢干。他只有一个念头，只要成为城里人，就解决房子问题，解决房子问题就解决任何问题。他不惜任何代价，奔波操劳，到处求人托门子。几年下来山穷水尽，毫无进展。人们都笑话他是神经病。就在他几乎绝望，快变成神经病的时候，原来那座把他赶回来的城市，又突然来函叫他回去。生活简直是一场梦啊！这是他捧着那纸薄薄的公函泪雨滂沱说的一句话。

他带着老婆孩子风尘仆仆走进久违的遥远的城市。孩子们一个一个安排上工作，又一个一个分上楼房。生活不是梦是什么？

可房子似乎长着翅膀，今年飞到这里，过几年又飞到那里，他只有跟着房子走，房子当然是越换越大，越换越好。常常是刚在一个地方熟悉过来又换一个地方，刚刚熟悉这个地方又钻进另外一个地方，又要像一个刚出生的孩子一样从头开始熟悉，周而复始，筋疲力尽，他越来越有找不着家的感觉。

他家的房子还越来越多，这里一栋，那里一栋，好多地方都有他家的房子。有时，他问儿子："你从哪里弄来这么多房子？"

儿子说："你别管那么多，只管住就行！"

尽管他家的房子越来越宽敞越来越明亮，可他却越来越住不下去，他不愿生活在钢筋混凝土的森林中，不愿呼吸在乌烟滚滚的空气中，不愿生活在陌生麻木的环境中……

突然一天，他家所有的房子全部飞走了，飞走的还有他的儿子以及儿子的公司。

他又回到那个穷乡僻壤的村庄。

可村庄的人告诉他，你回不来了。

他说，我就是这地方的人啊，我祖祖辈辈就是这地方的人啊，为啥回不来？

人家说，难道你忘了吗？多年以前，你卖了房屋，把你全家的户口迁走了……

他说，城市里没有了房子，就等于没有了户口；这里没有户口，再不能分地不能盖房，我到哪里去？

白蜡烛

两间土坯屋里，半截白蜡烛淌着晶莹的泪花，金黄色的烛光静静地放射着夕阳般的光芒。一个皮包骨头满头银丝的老人，躺在床上奄奄一息，风风雨雨近一个世纪的生命即将剧终，后人们围在床边。

"新星。"老人轻轻叫。

新星把手伸过去，让老人摩挲着。老人双目失明了，以手代眼。

老人喘着，干瘪的嘴一张一合："我死了谁我都不惦记，就是惦记你小舅。

你小舅从小把你养大，等他不能劳动了，你每月给他个十块八块的，好让他称盐买火。"

"放心吧，姥娘。"

"小柱哎……"老人又叫。

小柱把手递给老人。

"人饿那年，你六叔吃草根树皮，省出口饭喂你你才拣了条命。等你六叔爬不动跌不动了，你挑担水给他喝，背背柴火给他烧。"

"知道啦。"

"巧。"

巧将老人的手捧在手里。

老人微弱地说："你六爷爷一个瘸巴，没说上个人，老了谁知冷知热？他喜欢孩子，你那几个孩子他没少受累，往后，拆洗缝补的就托付给你。"

"行。"

老人的儿媳把嘴贴在她耳根，声音大得压过屋外的风声雨声："娘，老六弟兄好几个，侄子侄女一大帮，难为不着他，你歇歇吧。"

老人的脸上绽开了几丝笑意，深陷的眼窝里滚落下几滴混浊的老泪，说："当娘的贱气啊。总是放心不下、放心不下……"

一片抽泣声。

"老六，老六……"老人上气不接下气。

一只黑瘦的手颤抖着伸过去。老人哆嗦着从枕下摸出一块鼓鼓的脏旧的手帕，放到那只黑瘦的手里，又把那只手合上，吃力地说："这是你几个哥给我的零花钱，我都攒着，你把这钱存起来，老了花。"

"哐"风雨一头撞开房门，扑进屋，吹灭了那即将燃尽的白蜡烛。

奇妙的生活

一

范璐和曹昕结婚一年多后有了盼盼。

盼盼一会儿拉了，一会儿尿了，一会儿饿了，一会儿哭了。

别想睡个囫囵觉，别想吃顿安稳饭。

"等孩子会走了，就好了。"范璐在地上颠着怀里号啕大哭的盼盼说。

"那就不用整天抱着了。"曹昕洗着尿布。

二

盼盼会走了，小指头敢伸进电源插座，小嘴里敢含玻璃碴，还老往风驰电掣的汽车前面跑。

"等孩子上学了，就好了。"范璐给盼盼包扎着划破的小手说。

"那就不用不离眼地看着了。"曹昕给孩子缝着撕破的衣裳说。

三

盼盼上学了，学校离家远，路上车又多，听说还有偷小孩的。

范璐和曹昕分工，一个管接，一个管送。

"等孩子会骑自行车，就好了。"范璐拍打着浑身的雪，气喘吁吁地说。

"那就省心了。"曹昕手忙脚乱地做着饭说。

四

盼盼能骑自行车了，没考上学。范瑙和曹昕拿出所有的积蓄，供他自费上大学。

"等孩子工作了，就好了。"范瑙大口大口吸着孬烟说。

"那就放心了。"曹昕对着镜子拔一根白发说。

五

盼盼大学毕业，工作成了大难题，招工到好单位，盼盼一辈子不受罪，招工到差单位，连个对象都难找。

几经周折，盼盼的工作终于有了着落。

"等孩子结了婚，就好了。"范瑙喝着劣酒说。

"那咱就完成任务了。"曹昕说。

六

盼盼自己谈不上对象，范瑙和曹昕托人求亲告友。

总算给盼盼找上了媳妇。

七

盼盼结婚的第二年有了孩子。

孩子一会儿拉了，一会儿尿了，一会儿饿了，一会儿哭了。

"等孩子会走了，就好了。"盼盼在地上一边走一边颠着怀里哭的孩子。

"那就不用整天抱着了。"盼盼的媳妇说。

迷失在森林中的孩子

那时候我还是个孩子。

那时候我还是个不懂事的孩子。

那时候我还是个调皮淘气的孩子。

那时候我还是个一无所知的孩子。

也许是无意间抑或是不经意间,也许是迟早要发生的事。我看见一片森林,我看见一片郁郁葱葱的森林。我看见一片浩瀚的森林。我像一只小白兔,蹦蹦跳跳扑到森林边上。一只彩色的蝴蝶围绕我的头顶飞来飞去,我伸手去抓,它弹出去,我放下手,它又弹回来。我去追它,它往森林里飞,我追进森林里,蝴蝶不知藏匿到哪里去了。我一个人第一次站在森林里,感到妙不可言又美不胜收,有一点点惊喜又有一点点害怕。仿佛来到另外一个世界。地上茂盛的青草覆盖了树根,像给一棵棵数不清的树穿上了高筒的皮靴。有的树粗得一个人搂不过来,像一个粗壮的汉子;有的树细得用一只手就能搂住,像一个苗条的少女。高高的树杈像粗壮的胳膊,树杈分出去的树桠像长短不齐的手指。枝繁叶茂的树冠像各式各样漂亮的发型。

我正想往深处走,突然听见妈妈喊我的声音,尽管声音很遥远,但我还是隐隐约约听见。我急忙跑出森林,追着妈妈的声音跑回家去。

有一天,我又走进森林。仿佛走进一个色彩斑斓五彩缤纷的世界。花开得五颜六色，有白的、黄的、红的、紫的、黑的，动物闹得热火朝天，有跑的、跳的、飞的、爬的、倒立的、翻跟头的……我一直玩到肚子咕咕直叫，才回家。

夜里，我做了一个梦，梦见了那片迷人的森林。

第二天，爸爸妈妈上班，走时嘱咐说："认真做作业，别乱跑。"我写了没几个字，心怎么也静不下来。忍不住又走进那片森林。一只穿着花衣的小鸟，好像知道我会来似的，飞到我面前，瞪着圆溜溜的眼睛，张着圆圆的嘴巴，冲我"叽叽喳喳"，好像向我报告奇闻轶事。我想抱抱可爱的鸟儿。我挪动脚步刚靠近鸟儿，鸟儿展开翅膀飞到一棵树后。我悄悄走到树后，鸟儿又飞到另一棵树后。鸟儿和我玩起了捉迷藏。

时光不言不语走着，我一天天往森林里走着，往森林深处走着。有时我忘记了吃饭，有时忘记了睡觉，有时忘记了上学，甚至有时还偷偷从学校跑出来，钻进森林。

森林中的动物不计其数，也只有在森林中才能看到，有金钱豹、白唇鹿、梅花鹿、犀牛、斑马、狒狒、日本猴、白俄熊、南美兽、欧辕豹、黑飞蛙……还有一些不知名的动物。

森林里的世界精彩纷呈，奥妙无穷。猴子拽着大树枝，一上一下直抻腰。松鼠挥动粗尾巴，顺着树枝练跑跳。小獾子，练硬功，嘴巴打洞爪子挠。只有狗熊懒得动，躺在树下睡大觉。动物们唱歌、跳舞、游泳、拳击、赛车……好看极了，有趣极了，我不知不觉与动物们一起玩游戏、演节目。

越往森林深处走，越精彩越恐怖越神奇。动物交配、动物搏斗，惊险、刺激、血腥、悬疑……突然有一天，我想回家。可是，却找不到回家的路，忘了回家的路，成群的动物围着我，成片的树木遮挡着我。这时，我才发现，不知什么时候我已变成森林中的一员，成为森林中一种新的动物。一个动物探险家发现了我，向动物世界报告发现一种新的野生动物。引起动物世界的极大轰动与关注。大批动物界科学家像发现了新大陆似的，那样兴奋、激动。开始追踪我、研究我。一个动物科学家发表论文说我是动物界的祖先，一个动物科学家发表论说我是濒危动物，一个动物科学家发表论文说我是外星动物……

只是它们不知道这片森林的名字叫网络。

老 伴

那天早上你睡觉醒来，发现枕头边上靠着墙蹲着一条狗，伸着血红的舌头，瞪着乌黑的眼睛。当时屋里没有别人，你吓得哇哇大哭起来，大人听见后，闪电般窜到床边，抱起你拍打着问："怎么啦，宝贝？"

你一边哭一边伸出小手指指那条狗。

大人笑了，说："吓着宝宝了，那是玩具，不是真狗。"

可你还是怕极了，紧紧搂着大人的脖子，贴在大人身上，不敢看那个玩具。

那天大人带着你去走亲戚，快到亲戚家时，你从大人身后跑到前面，推开大门往里跑。突然，天井里蹲着的一条大黑狗，爬起来箭一般扑向你，吓得你掉头就往回跑，刚好大人进来，你一下子钻到大人身后，不敢露头。

大人说："狗被铁链子拴着，咬不着你。"

可你还是怕极了，藏在大人身后走进屋。

那天，你的一个同学打电话，说给你介绍一个朋友，说那人多么多么好。

你说我已经找了。

又一天你的一个朋友找到你，要给你介绍一个朋友，说那人要多好有多好。

你说我已经找了。

还一天你的一个同事，向你求婚。

你说我已经找了。

你经常想起一个人——你的第一个男人。那年你才19岁，那个男孩爱你爱得死去活来，无数次地发誓，一辈子为你当牛做马。你激动得热泪盈眶热血沸腾，把你的全部都给了他。后来，他成了大老板，甩给你一大堆钱，搂着一位佳人远渡重洋去了。好几年后你的心才不再流血。

你还经常想起一个人——你的第二个男人。你对他很满意，心想他会抚平你心灵的创伤，你只是有点儿担心他会不会真心诚意爱你的孩子，他痛哭流涕地说，为了你的孩子，婚后他宁可不要孩子。你彻底相信了他。可几年后，他把你的存款洗劫一空，一走了之⋯⋯

你也有时想起另外一个人——你的第三个男人。一个比你大十几岁的男人。你对他那么痴心，他却是那么无义，玩弄够你后，另觅新欢。

仍然不断有人来向你求爱、提婚。

你仍然一次一次说我已经有了。

每当夕阳给大地铺上一层红地毯，你喜欢踩着红地毯到室外散步，与你一起散步的是一条雪白的小狗⋯⋯当夕阳卷起红地毯，月亮水一样淌满大地时，你趟着月亮水回家，只是你怀里抱着小狗，亲了又亲⋯⋯

逃离星球

多年以后，我完成梦寐以求的愿望——逃离地球，成为绿星的正式公民。除了那次去银行换钱，让我不满外，我对绿星印象好极了。地球已人满为患，污染严重，资源枯竭，有关世界末日和地球爆炸的预言，层出不穷，闹得人心惶惶。各国争先恐后地发展核武器，并动辄扬言以核武器攻击。

我买完生活用品还余下部分积蓄，决定拿出一部分存到银行，还能有点儿利息。

我刚进门，银行的大堂经理，微笑着迎接上来："大姨您好，请问您办理什么业务？"我说："我存钱。"大堂经理笑得更甜："存定期的还是活期的？"我想了想说："存定期的，要用时拿着身份证能取吗？"大堂经理说；"能，大姨你来这边填个单子吧。"大堂经理把我叫到大堂台前，拿出一张纸说："大姨，要不你存成这个吧。"我问："这个是啥？我不懂。"大堂经理说："这个和银行存款差不多，是银行和保险公司推出的理财产品。每年有保底和分红，收益比存款高。"我说："还有这么好的事？"大堂经理一边给我倒水一边对我说："有！并且还有保障呢。我这么跟您说吧，天有不测风云，人吃五谷杂粮。"大堂经理微笑着看看我，我点点头。她继续说："没有不生病的，到时候支付10倍的病故险。"我说："噢。你们这里就是好。"她用手在那张纸上指着说："大姨，麻烦您在这里签个名，好。在这里签个名，对。再在这里签个名就行了。然后，您就在这里坐着等着，我去帮您办，办好了，给您拿过来。"我有点儿受宠若惊的感觉，笑着说："那就麻烦你了，姑娘。""不麻烦，应该的。"她话没说完，人已经跑到柜台前。我举着手里一个方便袋，跟过去说："姑娘，钱，钱，还没给你钱。"她笑着折回来，接过去说："大姨，你在那坐着，喝杯水。"过了一会儿，她拿着一个像结婚请柬模样的硬壳纸，小碎步跑回来，微笑着递到我手里说："大姨，办好了。您拿好，别丢了。"我拿在手里看了看说："这就是存单？"她点点头，一边搀扶着我往门走一边说："对，这就是存单。您好收好了，走好。"

天有不测风云，没想到一月后，老伴生病住院，急需用这笔钱。我拿着那张存单，急匆匆赶到银行取那笔钱。我把存单与身份证递给柜员说："取钱。"那个柜员接过去看看，说："不能取。"我愣了，说："为啥不能取？我的钱为啥不能取？"柜员说："你非要取的话，一万扣三千，你这十万要扣三万，你还取吗？"我问："怎么扣这么多？"柜员说："你这是保险单，二十年后才能取。不到期取，当然扣钱很多。"我差点没摔倒，说："二十年？我不知道还能不能活二十年。"我号啕大哭起来。

这时，那个大堂经理跑了过来，扶起我，说："大姨，别哭，有什么事来这边跟我说。"我跟着她走进一个房间，把急需用钱的事说完，说："我存钱时，你也没说二十年期限啊。"她说："大姨，你急用钱咱还有办法。"我问："有什么办法？"她说："可以用你的保单贷款。"

我问："贷款，谁交利息？"她说："当然由你来承担。"我说："那不行，是你动员我存成保险的。我要投诉、上法院告你。"她笑笑说："投诉没用，告也告不赢。因为有你的签字，并且还有你的录音。"我说："我怎么办？我在这里举目无亲。"她说："那没办法。"我说："那我就缠上你了，你走到哪儿，我跟到哪儿，你吃啥我吃啥。反正是你动员我存成那个的。"不料，我这么一说，她脸有点儿发白。过了一会儿，哀求着说："大姨，你就饶了我吧，我也是没办法。"我说："什么叫没办法？你这不是忽悠人吗？"她说："不是我愿意忽悠你，我们银行现在是凭营销业绩发工资，业绩越好绩效工资越高，业绩越少绩效工资也越少。我总不能饿死吧？再说我不让你存成那个，别人也会让你存成那个。这家银行不让你存成那个，别的银行也会让你存那个。在这种机制下，什么职业道德、良心、规定，都没有用。唯一有用的就是钱，钱越多日子越好过，钱越少日子越难过。有钱人过着天堂般的生活，没钱人过着地狱般的生活。在这里人们的理想是钱，奋斗目标是钱。不光银行，你看这里各行各业都是如此。所以，人们的生活提高了，道德堕落了。物质与精神似乎是尖锐的对立，水火不相容。"

我点点头说："这也正是我逃离那个地球的原因，看来我早晚还得逃离这个星球。"

要变成蜻蜓的孩子

星期天一家三口约好上街去玩。

爸爸一把抱起往门外蹒跚的儿子。

儿子嚷:"我自己下楼!"

爸爸说:"跌倒摔着。"

下了楼,儿子喊:"我下来!"

爸爸说:"自行车碰着。"

上了宽马路,儿子说:"我自己走。"

爸爸说:"汽车碰着。"

儿子指着爸爸的额头:"你冒汗水了。"

妈妈把儿子接过去:"我抱你。"

到了商业街,儿子说:"这里没车。"

妈妈说:"人多踩着挤着。"

拐进一条巷子,儿子说:"我走走。"爸爸妈妈前后瞅瞅,发现人少车稀,把儿子放到地上。不过,爸爸牵右手,妈妈牵左手,把儿子夹中间。

儿子挣脱着:"放开、放开。"

爸爸妈妈说:"不行、不行。"

"哇——"儿子一屁股蹲下去哭。

爸爸妈妈只好松手。

儿子破涕为笑，像出笼的小鸟，撒腿往前跑。前面有一只蜻蜓，像一架小小的飞机，低低地飞，儿子去捉。就在儿子快追上伸手捉时，蜻蜓猛地升上天，儿子闪倒。

爸爸妈妈慌慌地跑过去，一个检查摔伤没有，一个嗔怪地问："疼不？"

儿子摇摇头。

爸爸妈妈松口气，抱起儿子继续往公园走，儿子还要下来，爸爸妈妈说什么也不让。

走一段路，儿子在爸爸的背上说："爸爸，我要变成一只蜻蜓。"

妈妈问："为什么？"

儿子说："可以自己飞。"

爸爸说："莫瞎说。"